ミネルヴァ日本評伝選

余は平凡が好きだ

高浜虚子

坪内稔典著

ミネルヴァ書房

刊行の趣意

「学問は歴史に極まり候ことに候」とは、先哲荻生徂徠のことばである。

歴史のなかにこそ人間の智恵は宿されている。人間の愚かさもそこにはあらわだ。この歴史を探り、歴史に学んでこそ、人間はようやくみずからの正体を知り、いくらかは賢くなることができる。新しい勇気を得て未来に向かうことができる。徂徠はそう言いたかったのだろう。

「ミネルヴァ日本評伝選」は、私たちの直接の先人について、この人間知を学びなおそうという試みである。日本列島の過去に生きた人々の言行を、深く、くわしく探って、そこに現代への批判を聴きとろうとする試みである。日本人ばかりではない。列島の歴史にかかわった多くの異国の人々の声にも耳を傾けよう。

先人たちの書き残した文章をそのひだにまで立ち入って読み、彼らの旅した跡をたどりなおし、彼らのなしとげた事業を広い文脈のなかで注意深く観察しなおす――そのとき、はじめて先人たちはいまの私たちのかたわらによみがえってくる。彼らのなまの声で歴史の智恵を、また人間であることのよろこびと苦しみを、私たちに伝えてくれもするだろう。

この「評伝選」のつらなりのなかから、列島の歴史はおのずからその複雑さと奥ゆきの深さをもって浮かび上がってくるはずだ。これを読むとき、私たちのなかに新たな自信と勇気が湧いてきて、その矜持と勇気をもって「グローバリゼーション」の世紀に立ち向かってゆくことができる――そのような「ミネルヴァ日本評伝選」にしたいと、私たちは願っている。

平成十五年（二〇〇三）九月

上横手雅敬
芳賀　徹

晩年の高浜虚子

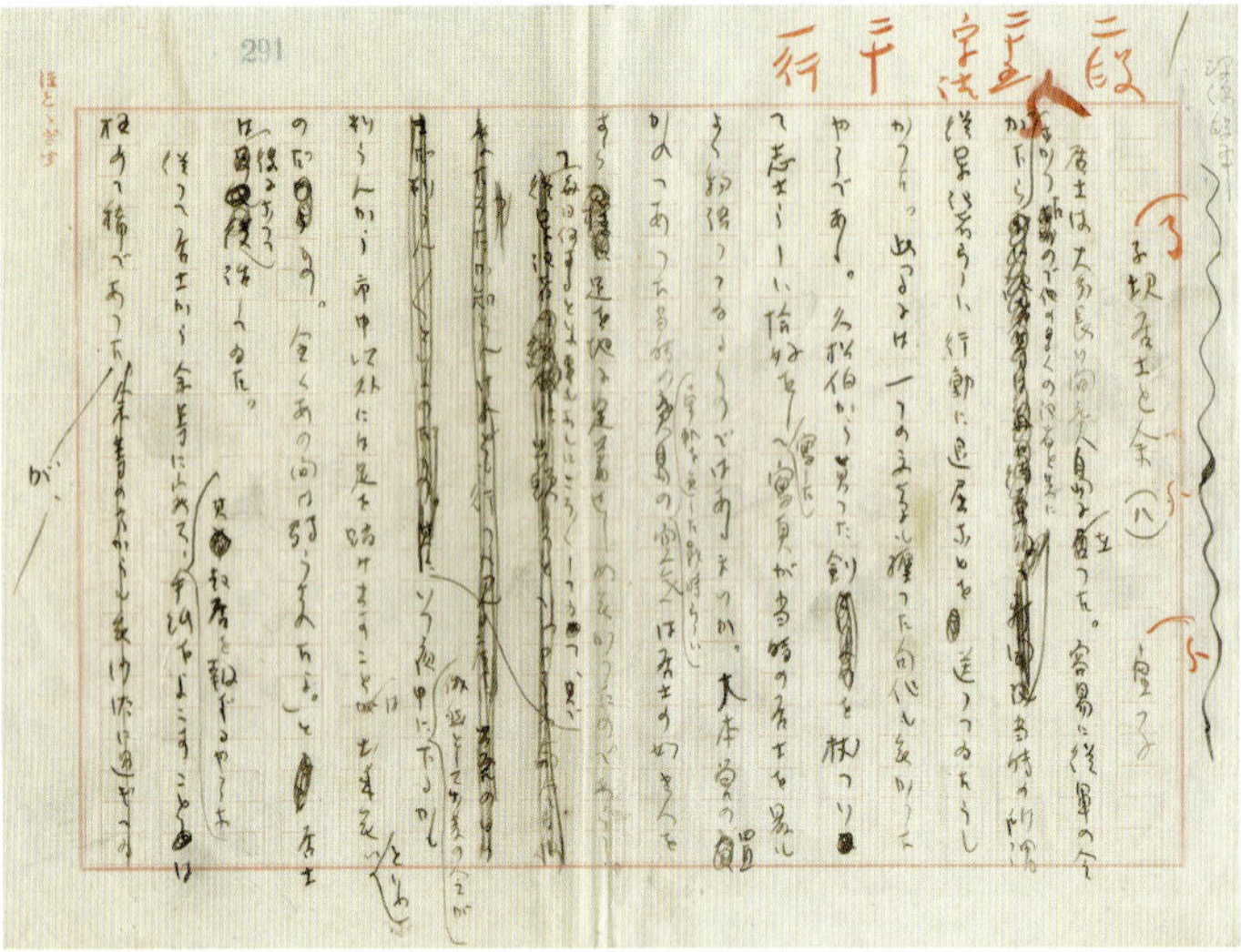

「子規居士と余」第８回原稿

はしがき

「おっ、虚子さん。やるなあ！」と感動した。虚子は雑誌「ホトトギス」のいわゆる編集後記を「消息」と呼んだが、それをまとめた単行本『虚子消息』が昭和四十八年（一九七三）に東京美術から出ている。その本に収められている昭和三十二年（一九五七）十月（「ホトトギス」六十巻十号）の「消息」にボクは共感した。

それは句会の席順に触れたもの。自分のような老人はとかく床の間の前に坐らされる。俳句歴が古いとか社会的地位のある人も勢い上座に坐るようになる。それが社会の常識であり儀礼でもある。だが、それでいいのだろうか。

虚子は、自分も含めて全員が番号札を引き、その札の順に坐ればよい、という。

私はじめ諸君がどんな位置に坐るかはすべて予測できないのであります。元来作句も選句も平等にするといふ我等の句会にあつては席順も夙《はや》くに其《そ》の方法を執《と》るべきであつたと思ひます。此の事は私の出席する会合ばかりでなく、我等仲間の会合は総《すべ》てさうであることを希望します。聞く処に依ると、もとは我等仲間の人であつて、選者と云はれるやうな人は、別の間《ま》に居つて、雑談をしてゐて、後に会衆の作つた句を点検して〇を附けるだけの仕事をすれば自分等の仕事は終つたものとして居るといふ事が、此の頃数ケ所で行はれてをるといふことを聞きました。これは如何にも選者としての威権《(ママ)》を保つに似た振舞ひであつて、昔の宗匠のやる方法と一致してゐると思ひました。私等が昔書生の団体として互選《ごせん》といふ方法を執りはじめ、宗匠等の慣習を打破してから六十年、漸く又宗匠の顰《ひそ》みに習ふやうになつた事を思ふのであります。句を作る時の会合だけは平等といふ事をなるべく支持したいものであります。

ボクは、俳句は句会の文芸、と見なしている。句会という場があるのが、他の文芸、即ち小説や現代詩などとの大きな違いだ。しかも、句会は互選・互評《ごひょう》が原則である。皆が選び、そして互いに批評し合う、それが句会である。この句会の参加者は虚子のいうように互いに平等である。席順も、そして会費も。

しかし、右のような平等性を実現することは、現代でもかなりむつかしい。ボクなども先生として差別（?）され、上座に坐らされることが多い。その都度、そうしたことに抵抗しているが、時には抵抗できないこともある。それは虚子も同様だったらしいが、どんな場合にも平等の「心持を体してをればよい」と右に引いた「消息」の続きで述べている。この虚子の見解にもボクは賛成だ。句会は基本的に互いに平等、という思いをいつも持っていたい。

ちなみに、ボクは句会の後の飲み会などでも平等であるべき、と思っている。飲食は自分の金で、というのがボクの思いだが、虚子はどうだったのだろう。彼は酒を飲まなかったので、居酒屋で割り勘、なんてことはなかったかも。

ところで、句会の席順に言及した「消息」を書いた年、虚子は八十三歳だった。八十三歳の老人が句会の平等を口にしたのは、若い日に正岡子規のもとで身に着けた思いが脈々と生き続けていたから、と見ていいのではないか。彼は一年後、すなわち昭和三十三年十月の「消息」では、「子規時代の書生の集まりの先輩も後輩もなく、一切平等の俳句会」を想起し、現代の俳句会が宗匠時代の先輩後輩をやかましくいう会合になってはいないか、と述べている。

ボクは若い日、子規の研究者だった。研究しながら、いろいろと子規から影響を受けたが、その最たるものは、互選・互評、すなわち句会の平等性だった。互いに言いたいことを言い合う楽しさ、それを子規から学んで実践してきた。そんなボクからすると、「ホトトギス」を主宰する虚子は仲間からあがめられていると見えた。平等ではない俳句の場に彼はいると見えた。その点がおおいに不満だった。

この不満があったので、この評伝『高浜虚子』の執筆を早くに引き受けながらも、なかなか書き出すことが出来なかった。虚子への反発が強く、共感するものが見つからなかったのだ。だが、虚子の中には右に述べたようなかたちで子規が生き続けている、と気づいたとき、虚子と向き合うのが楽しくなった。次のような連作「蠅叩《はえたたき》」も見つけた。

山寺に蝿叩《はえたたき》なし作らばや（七月十四日）
一匹の蝿一本の蝿叩（七月十五日）
山寺に一人居る部屋蝿叩
座右に置く蝿叩あり歌よまん
蝿叩に即し彼一句我一句
蝿叩座右に所を得たりけり（七月十六日）
仏世や叩きし蝿の生きかへり
蝿叩とり彼一打我一打（七月十八日）
蝿叩時に閑却されてあり
一本の蝿叩あり仏なし
山寺に降りこめられて蝿叩
蝿叩作りて心胖《ゆた》かなり
汝も又一つの仏蝿叩
蝿叩汝を友とし来りしが（七月十九日）
蝿叩後に残して寺を去る
山寺に名残蝿叩に名残
蝿叩にはじまり蝿叩に終る

この連作「蠅叩」（このタイトルはボクがつけた）は昭和二十九年、虚子八十歳の作。この年の七月十三日から同十九日まで虚子一門の稽古会が千葉県君津市にある神野寺《じんやじ》で催された。土筆会、句謡会、草樹会などの句会が開かれたが、それらの句会で、虚子は座席を番号札で決めたかもしれない。

右の「蠅叩」は『句日記（昭和二十六年から昭和三十年まで）』（昭和三十三年〔一九五八〕）から引いた。蠅叩の句だけを抜いて並べたので連作になっているが、『句日記』ではいろんな句の間にこれらの句が散在している。ただ、散在してはいるが、作者の意識としては一種の連作になっている。そのことは最後の句「蠅叩にはじまり蠅叩に終る」が示している。この稽古会の間に虚子は意識的に蠅叩の句を詠んだのだ。蠅叩を友にしたこれらの句にある気分は、他愛ないといえば他愛ないが、一種の無用を楽しむ心が快い。虚子はすてきな老いの時空にいる気がする。

ちなみに、蠅叩は今ではほとんど見かけなくなったが、ボクの子ども頃までは夏の必需品だった。蠅がいっぱい居て、たとえば食事をしようとするとわっと蠅たちがやってきた。この連作「蠅叩」を作った翌年、虚子は次の句を句会で詠んでいる。『句日記（昭和三十一年一月から昭和三十四年三月まで）』（昭和三十五年〔一九六〇〕）から引く。

昼寝する我と逆さに蠅叩
新しく全《まった》き棕櫚《しゅろ》の蠅叩

蝿を撃ち殺す道具の蝿叩は棕櫚で作るのが普通だった。虚子はこの後にも蝿叩の句を作っているが、蝿叩の句の傑作は右の「昼寝する我と逆さに蝿叩」であろう。蝿叩と虚子が全く同格化している。我と蝿叩の昼寝の光景がなんだかおかしくて楽しい。

「蝿叩」の句に出会ったりして、この夏、とびきりの猛暑の中で、ボクは相弟子というか、子規の同門という気分で、この評伝を一挙に書いた。暑さを忘れて書いたのだった。

なお、虚子の文章の引用にあたっては、広く普及している文庫本があるものについてはその文庫本に拠った。『俳句の五十年』（中公文庫）、『新編　虚子自伝』（岩波文庫）などがその例。これらの文庫本は現代仮名遣いになっており、ルビも適宜にふられている。その他の引用、たとえば明治時代の雑誌「ホトトギス」などからの引用はほぼ原文のままとした。ほぼ、というのは漢字を現行の文字にし、また難読の漢字にできるだけルビをふったから。

高浜虚子——余は平凡が好きだ

目次

図版一覧

第一章　西ノ下・京都・鎌倉

1　西ノ下

「失敬」の一語

ちょっとしたきっかけが人の生涯の種子《たね》になる。そのきっかけとは、人や風景、あるいは言葉や事物などとの出会いだ。高浜虚子の場合、そのきっかけは彼が自ら描いた以下のような出会いだろう。ある夏の夕方のその出会いが彼の中で種子になり、その種子が芽を吹き、やがて虚子の生涯そのものになった。

その夕方の出会いは『子規居士と余』（大正四年〔一九一五〕）の冒頭に書かれている。中学生だった虚子たちは松山城の北の練兵場で「バッチング」をやっていた。虚子たちは裾を短くし、腰に手拭いをはさんでいっぱしの「書生さん」のつもりだったが、そこへ東京帰りの四、六人の書生がぞろぞろとやってきた。その書生さんたちは、本場仕込みのツンツルテン、腰の手拭いは「赤い色のにじんだタオル」であった。この続きを岩波文庫の『回想　子規・漱石』から引く。

「おいちょっとお借しの」とそのうちで殊《こと》に脹脛《ふくらはぎ》の露出したのが我らにバットとボールの借用を申込んだ。我らは本場仕込みのバッチングを拝見することを無上の光栄として早速《さっそく》それを手渡しすると我らからそれを受取ったその脹脛の露出した人は、それを他の一人の人の前に持って行った。その人の風采《ふうさい》は他の諸君と違って着物などあまりツンツルテンでなく、兵児帯《へこおび》を緩《ゆる》く巻帯にし、この暑い夏であるのにかかわらずなお手首をボタンでとめるようになっているシャツを着、平べったい俎板《まないた》のような下駄を穿《は》き、他の東京仕込みの人々に比べあまり田舎者の尊敬に値せぬような風采であったが、しかも自《おのずか》ら此の一団の中心人物である如く、初めはそのままで軽くバッチングを始めた。先のツンツルテンを初め他の諸君は皆数十間あとじさりをして争ってそのボールを受取るのであった。そのバッチングはなかなかたしかでその人も終《つい》には単衣《ひとえ》の肌を脱いでシャツ一枚になり、鋭いボールを飛ばすようになった。そのうち一度ボールはその人の手許《てもと》を外れて丁度《ちょうど》余の立っている前に転げて来たことがあった。余はそのボールを拾ってその人に投げた。その人は「失敬」と軽く言って余からその球を受取った。この「失敬」という一語は何となく人の心を牽《ひ》きつけるような声であった。やがてその人々は一同に笑い興じながら、練兵場を横切って道後の温泉の方へ行ってしまった。

虚子はこの後に「このバッターが正岡子規その人であった事が後になって判《わか》った」と書いている。

虚子は自伝『俳句の五十年』（昭和十七年〔一九四二〕）でも右のベースボールに触れており、そこではこの体験が明治二十三年（一八九〇）夏のことだと明示されている。子規は確かに明治二十三年七月九日に松山へ帰省、八月二十六日に上京の途についている（講談社版『子規全集』年譜）。この年、虚子は愛媛県伊予尋常中学校の生徒だった。

ちょっと風変わりないでたちの人、しかしながら一団の中心人物と見え、バッティングのうまい人。つまり、中学生の虚子にとってはちょっと意外な人が、「失敬」と言ったのである。四国・松山の中学生にとって、失敬の語は彼の胸にあこがれの種子を落としたのではないか。ちなみに、失敬は男性の挨拶語だが、『日本国語大辞典』には坪内逍遙の「当世書生気質」や二葉亭四迷の「浮雲」から用例が挙がっている。男性、ことに明治の男子学生が頻用したようだが、虚子の耳には東京の書生（学生）の語として響いた。しかも、その語は未来からの声のように中学生の胸に響いたのかも。

正岡子規

子規もまた虚子の失敬の語に似た体験を書き留めている。

余が八九歳の頃外祖父観山翁《かんざんおう》のもとへ素読《そどく》に行きたり　其頃《その》の事なりけん　ある朝玄関をはいりしに其ほとりに二三人の塾生が机をならべゐしうちに　一人が一の帳面を持ち　其中には墨で字を書き其間に朱にて字を書きたるを見たり　それは何にやと問へば詩なりといふ　余は固《もと》より朱字の何物たるを知るよしもなく詩はどんなものとも知らず（朱字は添削したる故あしき抔《など》とは毛頭存ぜず）たゞ其朱黒相交るを見て奇麗と思ひしなるべし　早く年取りて詩を作る様になりたしと思へり

（「筆まかせ第一編」明治二十一年〔一八八八〕、子規全集第十巻所収）

幼児期から子規には詩歌を好む傾向があったが、その傾向がどこから来たかを述べたのがこの一節。子規は祖父の大原観山の開いていた漢学塾に通っていたが、そこで塾生の漢詩の添削されたものを見て、墨の黒と朱の色の入り交じるさま、すなわち「朱黒相交る」さまを「奇麗」と思った。そして、早く年を取って漢詩を作るようになりたい、と思った。要するに、朱と黒の墨の入り交じる美しさが自分の詩歌好きの原点だ、と子規は述べている。子規のこの体験は、虚子の失敬の語を聞いた体験とほぼ等しいのではないか。つまり、ちょっとしたきっかけが人の生涯の種子になる。

生育地　虚子は明治七年（一八七四）二月二十二日、現在の愛媛県松山市湊町四丁目（当時は長町新丁）に生まれた。父は池内庄四郎政忠（後に信夫と改名）、母は柳《りゅう》、この夫婦の五男であったが、三人の兄があった（四男は早逝）が、長男とは二十歳、次男とは十七歳、三男とは十五歳の差があった。清《きよし》と名付けられたこの池内家の末っ子は、明治十五年（一八八二）に祖母の家を継いで高浜清になった。高浜の名跡を絶やさないためであった。

清の生まれた家は、子規の家と背中合わせであった。『俳句の五十年』（中公文庫）には、子規の妹の律《りつ》が、「私の小さい時分に私を抱いておって、小便をかけられた」と話したことがある、と書かれているが、家が背中合わせでありながら、実は、清にも子規にも相手に覚えがなかった。というのも、清の生後すぐ、池内家は風早《かざはや》郡柳原村西《にし》ノ下《げ》に郷居帰農したからである。藩士は農民へ復帰すべき、という松山藩の藩士郷居の布告（明治四年（一八七一）一月）に応じた帰農であった。

明治十四年（一八八一）、すなわち八歳まで、清は西ノ下で過ごした。彼は松山生まれではあるが、

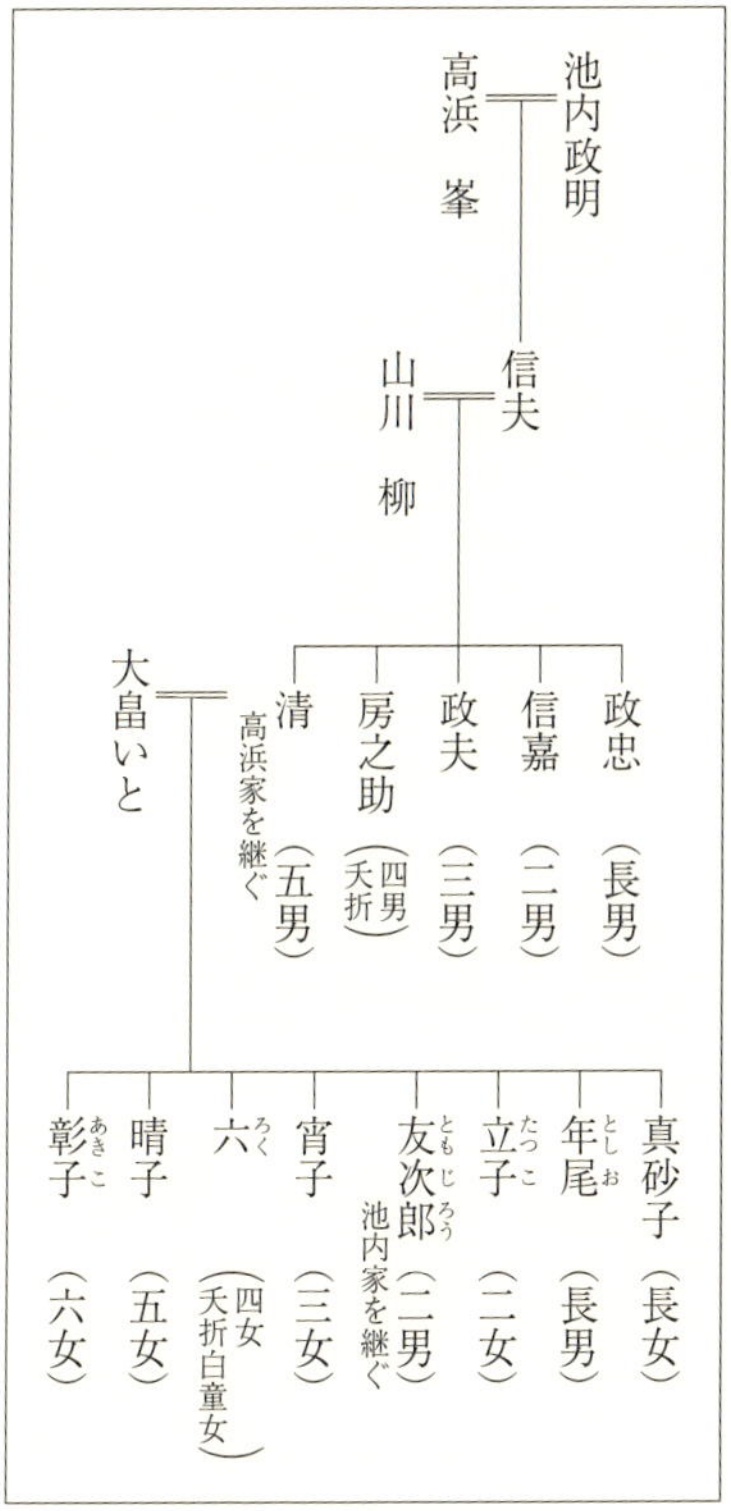

高浜家・池内家家系図

西ノ下近くの海岸

彼の幼児期は西ノ下の日々であった。

　平成の大合併で今は松山市に編入されている西ノ下は松山の城下から十四キロくらいだろうか。令和四年（二〇二二）十二月初旬、ボクはＪＲ松山駅からタクシーで西ノ下を訪ねた。列車かバスで行きたかったのだが、適当な便がなかった。かなり不便なところなのだな、と思った。駅前に待機するタクシーの運転手に目的地を告げると、「柳原の橋のたもとでしょ？　何か碑がありますよ」と応じて走ってくれた。降ろされたのは河野川のそば、すぐ近くに西ノ下大師堂があった。

　虚子は最晩年に西ノ下時代を回想したエッセー（虚子は写生文と呼んだ）を書いている。朝日新聞社版『虚子自伝』（昭和三十年（一九五五）四月）に「余録」の題のもとに収めている次の五篇がそれだ。

遍路の一
遍路の二
房《ふう》さん
高浜の彦さん

栗井坂を越え

　もう一篇、「惟る御生涯や萩の露」がこの後にあるが、これは外祖父の話で西ノ下には関わりがない。

『虚子自伝』は朝日新聞社の記者で小説家、そして宝文会の会員であった十和田操《みさお》の勧めによって出来上がった。『虚子自伝』の冒頭のエッセー「宝文会員来襲」（昭和二十九年〔一九五四〕二月執筆）によると、会員の来襲のあったその日、十和田から自伝を出版したいという話があった。「来年の三月が自分の誕生日で満五十五歳の停年になる、その時までに是非出したい」と十和田が言い、虚子は「書けたらば差出しましょう」と約束したという。この約束に従って書いた最初の一篇が「宝文会員来襲」であった。宝文会とは「宝生流の謡を謡う文芸家の団体」（「宝文会員来襲」）であり、その団体が虚子庵にやってきて謡った。その席上、十和田が自伝の件を持ちかけ、それで話題にしている「宝文会員来襲」に始まるエッセーが書かれたという次第。ちなみに『虚子自伝』は令和六年（二〇二四）四月に『新編　虚子自伝』として岩波文庫の一冊になった。この『新編　虚子自伝』は昭和二十三年（一九四八）に出た菁柿社版の『虚子自伝』との合冊になっている。

　では、西ノ下の話はどうして「余録」なのか。「余録」の前、すなわち自伝の本編の最後は「有島海荘、宝文会」である（昭和二十九年〔一九五四〕十二月執筆）。鎌倉の有島生馬邸で開かれた宝文会の話だが、このエッセーの結びは「謡が好きと人にいわれている虚子の自伝はこれで一応終りとなった」。つまり、朝日新聞社版『虚子自伝』は宝生会に始まり宝生会で閉じられる。その間の文章はなんらかのかたちで虚子の今（現在）から発想しているが、「余録」のそれは今に即して発想するのではなく、遠い昔の時空を開いている。虚子は幼児期に戻っているのだ。たとえば「遍路の一」の次のくだり。

一人の若い女の遍路があった。それが表で遊んで居る私を抱き上げた。そうして四軒の前を通りすぎて、里人が大川と呼んでおる川に架かっておる土橋の上に立って居た。その時、土橋の向うに在る部落の娘が通りかかって、その子供が私であることを知って、その遍路の手から引取って家へ届けた、という話である。

これは私が物ごころがついて後、私の母が話したことであった。その若い女の遍路というのはどういう女であったのか。その部落の娘というのがどういう娘であったのか。それ等について母は私に何も話さなかった。ただ母は附け加えて言った。

「その遍路はおおかた子供を亡くしてその為に四国遍路を思い立ったものであろう。そうしてたまたま自分の死んだ子によく似て居る子供に逢ったので、抱き上げて大川の橋の上まで行ったのだろう。娘が来合せたのでよかった。どこに連れて行かれるか分らなかった」。

そう母は言ったが、私はその遍路がなつかしく思われた。

「四軒の家」とは松山から郷居した人たちの家で、虚子の家は「四軒の家の北のはずれ」だった。そしてその家の前に白い道が通っていて遍路が歩いていた。その遍路の女に幼い虚子は攫われそうになった。西ノ下は虚子の運命を変えたかもしれない場所だったのである。「私はその遍路がなつかしく思われた」というのは、自分を抱いた女遍路に自分への愛情を感じたからだろう。亡くなった子と似ているので、思わず抱いたのだろうが、その行為には愛情がたしかにあったかもしれない。人の運命の不思議、あるいは存在の不思議を生々しく感じた場所、それが虚子の西ノ下だった、と言えそうだ。「栗井坂を越え」では、西ノ下の風景は「私の生涯に大きな影響を与えている」と言い、その風景は「心の底になお深い陰翳を漂わせておる」とも述べている。もちろん、自分をひょいと抱いた女遍路もその風景のひとつだ。

後年、虚子は西ノ下を訪ね、次のような句を詠んでいる。

此《この》松の下に佇《たたず》めば露の我
道のべに阿波の遍路の墓あはれ
こゝに又住まばやと思ふ春の暮

「此松の」は大正六年（一九一七）十月十五日の作。句集『五百句』（昭和十二年（一九三七））にあり、次のような注がついている。「帰省中風早柳原西の下に遊ぶ。風早西の下は、余が一歳より八歳迄郷居せし地なり。家空しく大川の堤の大師堂のみ存す。其堂の傍に老松あり」。昭和三年（一九二八）、この句は大師堂の松のそばの句碑になった。句碑向きに虚子が揮毫したのは「この松のしたにたゝずめば露のわれ」だった。

「道のべに」はやはり『五百句』にあり、「昭和十三年四月二十五日　風早西の下の句碑を見、鹿島に遊ぶ」と注がつく。先の「此松の」の句碑を見に虚子は西ノ下に寄った。ちなみに、この遍路の句も昭和三十年（一九五五）に先の句碑に追刻されている。

「こゝに又」は昭和十六年（一九四一）三月の雑誌「ホトトギス」に載った。句集には収録されておらず、「風早西ノ下、旧居のあと」と前書きがついている。

西ノ下の句碑になったこれらの句は、句としての出来はもう一つであろう。いずれも作者の西ノ下への思いを表現しているのだが、西ノ下を知らない読者にとっては「此松」が分からないし、「あはれ」は言い過ぎというか、通俗的になっているだろう。「こゝに」もという表現も抽象的だ。作者は虚子、読まれた土地は西ノ下という前提（読みの文脈）が分かってはじめてこれらの句は鮮明になる。もっとも、虚子はこのような句を肯定した俳人である。彼は俳句を存問（挨拶）としてとらえるようになるのだが、西ノ下の三句は、西ノ下への虚子の挨拶と見るべきであって、出来を云々する作品ではないのかもしれない。

昭和十五年（一九四〇）に松山で父親の五十年忌を修した虚子は、そのついでに西ノ下を訪ねている。地元の人々に歓迎された虚子は、「今度はこの懐しい天地に僅か一二時間ではあつたけれどもゆつくりと腰を落着けたのであつた。さうして又もとあつた家のあたりに小さい小屋でも作つて此土地に住まはうかといふ感じさへ起したのであつた」と記した（『蟹霜』昭和十七年所収の「西ノ下」）。

ボクが西ノ下を訪ねたのは初冬のうららかな日であった。大師堂の界隈を歩き、海辺に出て、よく凪いだ海へ小石を投げた。右手に幼い虚子が眺めた鹿島があった。瀬戸内のどこにでもありそうな風景だった。一瞬、砂浜を走って遊ぶ清少年が見えた。もちろん、見えた気がしただけ。

ともあれ、虚子のふるさとは西ノ下であった。

2　四国・松山

松山時代

『定本虚子全集』第十二巻（昭和二十五年（一九五〇））には虚子の年譜がついているが、西ノ下について「此《この》西の下の風光は幼時の頭に印象すること深し」と記している。この年譜、全集のあとがきによると、門下の深川正一郎が作成し、それに虚子が目を通して成った、と見ていいだろう。引用した西ノ下の記述などは虚子が書き足したものと思われる。

さて、明治十四年（一八八一）、虚子は松山に戻る。右の年譜では松山時代が次のように書かれている。

明治十四年（八歳）

三人の兄は農となるを好まず、夫々《それぞれ》職を求めて松山に出で、一家を挙げて亦《また》松山に帰る。

三番町に仮寓、榎町に卜居。

智環学校に入学。

明治十五年（九歳）

玉川町八十四番戸に転宅。

五月二十九日。祖母死す。

祖母の家、高浜の姓を冒《おか》す。

明治十八年（十二歳）

県立松山第一中学校に入学。間もなく県会議決して廃校となる。

明治十九年（十三歳）

新設されし松山高等小学校に入る。

明治二十年（十四歳）

伊予教育議会なるもの出来、伊予尋常中学校創設さる。入学す。

明治二十四年（十八歳）

三月二十五日。父没す。

五月。碧梧桐を介しはじめて正岡子規と文通す。

夏。子規、松山に帰省。

十月二十日。子規の来翰《らいかん》によって虚子と号す。

明治二十五年（十九歳）

四月。伊予尋常中学校卒業。

夏。子規・非風松山に帰る。子規・碧梧桐と共に会して競吟《せりぎん》、連俳をも試む。

九月。京都第三高等中学校に入学。京都市上長者町新町東入、奥村佐兵衛方に寓居す。

九月末。京都市聖護院町二番戸、石沢信義方に移る。「化物屋敷」といふ。

十一月。家族を迎へのため西下の途次京都に下車したる子規と共に嵐山に遊ぶ。大堰に舟を浮ぶ。

冬休みに帰省。

右の年齢は数え歳になっている。

松山時代、すなわち小・中学生だった虚子は、祖母の家の姓、高浜を継いだ。また、子規に頼んで虚子という雅号をつけてもらった。郷里の眩しい先輩として現れた子規が虚子に影響を与えるようになったのだ。ここでは、雅号と競吟のことを見ておこう。若者が未来へ向かって爪先立つというか、ちょっと背伸びして未来へ向かうさまが具体的にうかがえる。

虚子の出現

虚子は雅号をつけて欲しい、と子規に何度か頼んでいた。子規は明治二十四年（一八九一）九月二十六日の虚子あての手紙（『子規全集』第十八巻）の追伸で次のように書いている。

御雅号之事度々被仰《おおせられ》候へども小生もこれといふ思ひつき無之候得共《これなくそうらえども》何か大兄の御住所に付《つき》てつけらるるか。又ハ大兄ノ尤《もっとも》好まるるもの又ハ事にちなんでつけられてハ如何《いかん》　猶《なお》心あたりも有之候《これありそうら》ハバ可申上候《もうしあぐべく》　雅号といへバ漢名の如く心得る人多けれども日本人なれバ日本流もよろしくと存候《ぞんじそうろう》

急には思いつかないが、住所にちなむ雅号、あるいは好きな事物にかかわる名はどうだろうか。これが子規のとりあえずの返事だった。

虚子は待ちきれなくなったらしく、自分で放子《ほうし》とつけた。そのことにふれて十月二十日の手紙で子規は以下のように言った。

放子の御雅名面白し面白し　実は小生先日一寸考へつきて

虚子

といふのにてハ如何やと御尋可申存居候処也

この名は君の「清（きよし）」の読みをそのままとって、清の字を虚にかえたもの、清と虚はシノニム（同義）と言ってもいいのではないか。自分はかつて、虚無子、放浪子と名乗ったことがあるが、今は使っていない。ところが今、君の名が虚子、放子となるのはとっても奇なことでうれしい。子規

は以上のように述べ、この手紙の宛名と署名を次のように記した。

京洛ノ大俗
常規凡夫《ポンプ》拝

十月二十日
俗衣の今道心
若放子　様
如意下

放子（ほうし）は法師に通じるので「俗衣の今道心」（在家の衣装のままの仏道に入ったばかりの人）と書いた。子規の署名の常規は本名だが、凡夫（平凡な男）にポンプのルビをふって蒸気ポンプを連想させようとしている。「京洛ノ大俗」は都のまったくの俗人という意味。こうした言葉遊びの楽しさの中に当時の子規はいた。そのなかで、「虚子」という雅号が誕生した。ちなみに、河東碧梧桐《へきごとう》という雅号もほぼ同時期に本名の秉五郎《へいごろう》をもじって子規がつけた。

競吟の楽しさ

競吟《せりぎん》とは何か。内藤鳴雪《めいせつ》は「何分間と言ふ時間を定めて置いて、其の間に幾句でも題に従つて多数を作つて其の多きを誇り、又多き中に善き句の多きを誇るといふやうなこと」（「吾々の俳句会の変遷」大正二年（一九一三））が競吟だった、と述べている。この鳴雪のエッセーは講談社版『子規全集』第十五巻に収録されているが、この巻は子規たちの句会稿（句会の記録）を多量に集めており、それらの句会稿からかなり具体的に子規たちの句会のようすがうかがえる。

先の虚子の明治二十五年（一八九二）の年譜にあった夏の競吟は、「松山競吟集」と名付けられて、その第一回から六回分が右の全集に収められている。その記録者は女月《めげつ》だった。女月は碧梧桐の当時の雅号だが、彼は子規から前年に碧梧桐の名を貰っていた。だが、まだ女月の号も使っていたらしい。ともあれ、彼は女月から碧梧桐へ変わった。余談だが、女月では碧梧桐ほどの文学者になれなかった気がする。名は体を表すというが、河東女月では大成しない感じがするのだ。もちろん、これはボクの感じることであってさほど根拠はない。余談である。虚子も放子では駄目だったのではないか。あこがれの先輩・子規による名付けが、彼らをぐっと前へ押し出したのではないか。

「松山競吟集」の第一回は明治二十五年七月十五日、松山市郊外の高浜の延齢館（料理旅館か）で行われた。参加者は子規、碧梧桐、虚子。以下は次の通り。

第二回　七月十九日　三津いけす（潑々園）
　子規、可南、碧梧桐、虚子
第三回　七月二十四日　虚子楼上（虚子の部屋）
　子規、虚子、碧梧桐
第四回　七月三十一日　虚子楼上
　子規、非風、明庵、虚子、碧梧桐
第五回　八月五日　三津いけす

子規、非風、虚子、碧梧桐
第六回　八月十六日　三津いけす（溌々園）
子規、明庵、可全、虚子、碧梧桐

右のメンバーのうち、子規、可南《かなん》、非風《ひふう》、明庵《めいあん》（勝田明庵、後に文部、大蔵大臣）、可全《かぜん》（碧梧桐の兄）は東京から帰省していた先輩たちである。虚子はこれらの先輩のうちの新海《にいのみ》非風に強く魅かれるが、そのことは後にくわしく触れる。

さて、競吟はどのように行われたか。虚子楼上（多分、二階にあった虚子の部屋だろう）で行われた第三回を見ると、まず「蟬の殻」を題にして子規が五句、虚子が三句、女月が三句を作っている。そのうちで子規が選んだのは次の句だった。

蟬のから青葉と共に流れけり　　虚子
ぬけ出《いで》てあと見かへるやせみのから
蟬の殻ぬしよりあとに土となる　　女月
せなすじに刀きずありせみのから

子規は虚子の「ぬけ出て」を激賞したらしい。「此句子規宗匠頻《しきり》にふるふたりと称せらる」と碧梧桐は書き、その後を「余は其味を知らず」と続けている。子規はしきりにほめたが、自分はその句のよさが分からなかったというのである。脱皮した蟬が、脱いだ殻を振り返って見ている、というのだが、たしかにそういうこともあるかもしれない。いや、ありえないことだろうが、このフィクションというか思いつきはちょっとおもしろい。もちろん、後年の子規だと、この句の擬人法は月並み（通俗）だ、と即座に切り捨てただろうが、いわば素人の思いがけないおもしろさがある。この着想の意表を突くおもしろさは、後年の俳人になった虚子が時に発揮したものだった。

ちなみに、この競吟の子規の句は

古池やさかさに浮ぶ蟬のから

淋しさにころげて見るや蟬の殻

など。虚子と碧梧桐は「淋しさ」の句を選んでいるが、蟬の殻はその空ろが淋しいので転げてみた、という擬人法による表現も、それは知的な見方にすぎない、と後の子規だと断言しただろう。要するに、思いつきを五七五で表現しただけの素朴、あるいは下手な句、それが彼らの競吟だった。

この日の競吟は「瓜」へ続き、ついで「行々子《よしきり》」「涼し」「夕顔」「暑さ」「七夕」「団扇」と続いた。最後に碧梧桐は、「夜はいたくふけて四隣人声なく蛙声唯だ耳を洗のみ興をきはめて帰る」と記した。「興をきはめて帰る」、すなわち十分に楽しんで帰るという表現が、彼らの競吟への熱中ぶりを端的に示している。

『子規全集』第十五巻の解題を担当した和田茂樹は、この時期の子規は「多作による習練期」であった、と言っている。そして、多くを作る競吟には「拙劣句も多い」が、しかし、この夏に競吟で高まった熱気は「子規の俳句革新運動の原点ともなった」と書いた。この意見に賛成だ。時間を決めて多作し、作った句を互いに批評する、それが子規の俳句の生涯にわたる特色だった。もっとも、競吟に熱中しながらも、虚子は少し違和感を覚えていた。その違和感、非凧に魅かれたこととかかわるのだが、『俳句の五十年』に虚子は書いている。

子規の感化によって、俳句会の催しなどをしましたものの、この自分の私はまだ、俳句というものに重きを置くことが出来ませんでした。余り熱心になれなかったのであります。何かもっと大きなものに向かって求める所がありました。何といって形は定められないのでありますが、ただもう少し大きな文芸というようなものに向かっての欲望に燃えておりました。

ここで言う「俳句会の催しなど」に競吟が該当する。虚子は明治二十五年夏の松山における俳句熱の高まりのなかで、「何かもっと大きなもの」を求めていた。

3　京　都

京都の学生生活

「大阪商船会社の緑川丸が、三蔵、加藤、平田、をばさん等の一行を神戸に送り、汽車が更らに是れを京都に送つたのは、四条の磧《かわら》にまだ川床が残つてゐて枝豆売の赤い提灯《ちょうちん》が篝火《かがりび》の中を縫つて歩く八月の末であつた」。

これは虚子が書いた小説「俳諧師」の一節。明治四十一年（一九〇八）二月から四月にかけて「国民新聞」に連載したこの小説、「明治二十四年三月、塀和《はが》三蔵は伊予尋常中学校を卒業した」と始まり、塀和三蔵の京都での学生時代を描く。登場人物は実在の人物をモデルにしており、主人公の三蔵は虚子自身がモデルだと見てよい。もっとも、虚子が伊予尋常中学校を卒業したのは明治二十五年（一八九二）である。三蔵は虚子より一年早く卒業しているが、その程度の事実との違い、すなわちフィクションが仕組まれている。

三蔵が朝顔の花と夕顔の花の間に立つて、故郷の垣根から自分の未来に首を延して何か判らぬものに望みをかけてゐた時は、目の前にぱつと蛤《はまぐり》の口から出た蜃気楼《しんきろう》のやうなものが棚引いて其中《その》に画の如き京都があつた。

さて、蜃気楼の中にあったその京都に着いた三蔵は、「七条の停車場からガラガラと車にゆられて、三蔵等より一年先に卒業して既に高等学校に在学してゐる先輩の上長者町の下宿に着く」。こうして三蔵の、すなわち虚子の京都時代が始まった。

虚子は明治二十五年（一八九二）九月、京都第三高等中学校に入学した。当初の下宿は京都市上長者町新町東入の奥村方だった。九月の末には京都市聖護院町二番戸の石沢方に、翌年一月には京都市吉田町八番戸、大井方へ移った。そして九月には京都市吉田町一五三番戸、中川方へ。この中川方は高等中学校の門と向かい合った位置だった。この学校前の下宿では、一年遅れて入学してきた河東碧梧桐と同居した。二人はこの下宿を「虚桐庵《きょとう》」「双松庵《そうしょう》」と名付けた。『俳句の五十年』によると、この虚桐庵時代には回覧雑記を出し、文章や俳句を発表したらしい。

河東碧梧桐

虚子が京都にいたのは明治二十五年九月から明治二十七年七月まで。二年に満たない短期間だった。明治二十七年七月、学制の変更で京都第三高等中学校が解散、虚子、碧梧桐は仙台第二高等中学校に転校になるが、それを機に京都を離れるのだ。虚子の京都の学生生活は短かかった。だが、たとえば以下の三つのことなどは彼の以後の人生に影響を与えることだったのではないか。

句会

その一つは、俳人たちと触れ合って虚子と俳句とのかかわりが次第に深くなってゆくこと。東京の俳人、藤野古白《こはく》、内藤鳴雪、五百木《いおき》瓢亭《ひょうてい》がやってきて句会、吟行をし、俳句を論じた。子規も来た。新海非風はちょうど京都に滞在していた。つまり、京都の虚子が当時の俳人たちの一種の寄り場になったのだ。小説「俳諧師」には句会を描いた象徴的な場面がある。

三蔵と同居している下宿人の増田の元へ通って来る二十四、五歳の商売人らしい男がいた。増田とその男は神棚の下にすわって、いつも何かを案じ、手帳に何かを書きつける。男は時として毎日のようにやってくる。二人で散歩などに出ることもあった。ある日、増田の留守中に男が来たので、二人で何をしているのですか、と三蔵は尋ねた。俳句を作っているのです、と男は答え、二人が俳句友だちだということが分かった。

その男が二週間ばかり来なかった。そんなある日、増田が以下のような話をした。「あの男ね、よく僕のところへ来た。あれは君俳句の好きな男でね、同好者が五六人ある。其中で最も熱心な男であつたのだ。句作も上手であつてね、趣味もよく解つてゐた」と。そして、あの男が昨日逮捕された。彼は有名な掏摸《すり》だった。でも、俳句仲間には何も害を与えなかったばかりか、親切ないい男だった。どうして警察に捕まったかというと、俳句の載っている東京の新聞が七条の停車場に置いてあるが、この二、三カ月その記事が切り取られていた。その切り取ったのがあの男で、捕らえてみたら掏摸だったという次第。増田は言う。「あの男の俳号かい。卜翁《ぼくおう》といふのサ」。

俳諧自由という四字熟語がある。今でも俳人がよく口にする語だ。たとえば、身分制だった江戸時代、現実の身分を句会に持ち込むと座が窮屈になる。それで、俳号を名乗って人々は句会に参加した。俳号を名乗ることによって現実を超え、互いに平等な俳句仲間になった。それが俳諧自由である。掏摸の名人は掏摸という現実を超えて俳人・卜翁になったのだ。

三蔵は世の中には変な人がいるものだ、と思うがまだ俳句にはほとんど興味がない。だが、その三蔵の元へ俳人たちが次々と訪ねてくる。三蔵はおのずと俳諧自由の世界へ引き込まれる。

五十嵐十風

小説「俳諧師」の主人公、三蔵は五十嵐十風に強く魅せられる。この十風は新海非風をモデルにしている。虚子が松山で競吟をしたときの仲間だが、彼は明治三年（一八七〇）生まれ、常磐会寄宿舎（松山藩旧藩主の久松家が東京に設けた旧藩の子弟のための宿舎）で子規と同室になり、子規グループの一人になった。藤野古白と並んで一種天才的な存在だった。古白は明治二十八年（一八九五）にピストル自殺し、非風は明治三十四年（一九〇一）に病没した。

さて、「俳諧師」の十風だが、彼は兵学校に在学中に肺病を発症、退学を余儀なくされた。やがて遊蕩に溺れ、母親の財産を巻きあげるなどして吉原の女郎を身請けする。そして、その元女郎の妻をつれて京都にやってくる。京都では思うような仕事につけず、十風夫妻は貧乏暮らしだが、三蔵にとっては世の中のすべてを敵にしているような十風のふるまいがことごとく魅力的に見える。「五十嵐の境遇が羨望に堪へぬやうな気持がする。どうか自分も早く五十嵐のやうな境遇になりたいと思ふ。敬愛する先輩五十嵐十風の言行は酔中尚大《なおおおい》に三蔵の心を支配する」。

三蔵に尊敬されながらも、十風は京都では思うような仕事が見つからず、東京へ出て行く。三蔵はというと、学校の勉強になぜか身が入らず、このままでは落第をしかねない、と思う。それで現状打破を考えるようになった。退学して東京へ行こう、東京には李堂（子規がモデル）、十風、北湖（内藤鳴雪がモデル）、水月（藤野古白がモデル）が自分を招いているように思われる。

三蔵は退学届けを出し、周囲の反対を受けながらも上京する。十風の家に寄宿するが、十風夫妻の暮らしはあいかわらず貧しい。夫妻は給料の高い北海道の職場へ移ってゆく。三蔵は小説家になろうと思っているが、もちろん、そうそううまくいくわけはなく、三蔵は女《むすめ》義太夫の小光《こみつ》に溺れてゆく。当世風にいえば小光の熱烈な推しになったのだ。いや、十風的な遊蕩に溺れた、というべきか。

「俳諧師」の末尾では、東京に戻ってきた十風が喀血して死ぬ。水月もピストル自殺をした。三蔵は小説が書けず、しばらくは俳句専攻者として立つことにする。

十風の紹介にややてこずったが、要するに十風は破滅的な人物である。虚子にはそのような人物に魅せられる傾向がある。埒《らち》を超えるというか、現実を踏み外す生き方に共感する。先に紹介した競吟の夏に左のようなことがあったらしい（『俳句の五十年』）。

> 喀血しながら海水浴をして泳いだりしておりました。船に乗って沖にこぎ出て、四十島という島に上った時分に盛んに血痰を吐きました。碧の潮水にその血痰が浮んでいるのが馬鹿に鮮やかであったことを覚えています。

一箇の西瓜を買って石手川へ涼みに行き、非風がそれを石崖に擲げつけて割って、その破片を皆で拾って食ったこともありました。非風が加わると凡てが乱暴になって殺気を帯びていました。

潮水に浮く血痰、破片の西瓜は赤色が印象的だが、その赤色は非風、すなわち十風の破滅的な衝動のイメージと見てよい。

ちなみに、虚子が退学して上京した背景には、京都へ来た子規にあおられたという一面もあったと思われる。明治二十五年（一八九二）に京都へ来た子規は文学への熱い思いを虚子に語った。大学をやめ新聞社に入って文学に専念する決断を子規はしていた。虚子は「この時ほど子規の言うことが一々私の頭に響き、また私の言うことを子規が容易に受け入れたことは前後になかったように思います」（『新編　虚子自伝』）と書いている。

以上の三つが京都の虚子の大きな出来事だったのではないか。

明治二十七年（一八九四）九月、虚子は碧梧桐と共に仙台の第二高等中学校に転校したが、十月には二人揃って退学し、文学者を目ざして上京する。虚子は文学者にあこがれているが、実はまだ何者でもない。小説「俳諧師」の末尾には京都にも俳人が多くなり、しばしば句会が開かれ、三蔵は句会に欠かさず出席した、とある。そして、「いつの間にやら俳諧道の先達になりすましてゐるのに我乍ら驚く。まだ小説は書き度いと思ふ。……けれども俳諧師として推重されるのも嬉しい。いい句が出来るのも愉快だ」と思っている。つまり、俳諧師になろうと思ったわけではないのに、仲間との付き合いを通してずるずる（?）と俳諧師のようになっている。でも、三蔵の望みは小説を書くことにあった。

比叡山

「比叡山といふ山は、私が郷里を出て、初めて京都の停車場に下り立つた時に、一番に目に留つた山である」。虚子は『叡山百句』（昭和三十三年〔一九五八〕）の序を右のように書き出している。

『叡山百句』は比叡山延暦寺内の叡山百句刊行会の発行である。横川の元三大師堂に投句箱を置き俳句を公募した。六百句余りのその応募句から虚子が百句を選び、小説「風流懺法」と百句からはもれた五百句（これも虚子が選んだ）を一冊にしたもの。「風流懺法」は虚子の人気小説の一つだが、明治四十年（一九〇七）に比叡山に登り、横川中堂の政所に滞在した体験が素材になっている。

虚子が横川に行った際、政所にいた僧、渋谷慈鎧と虚子は親しくなった。「老僧のやうな感じのする人であつた」と先の序に書いている。この慈鎧はやがて天台座主になり、虚子は慈鎧の計らいを得て比叡山で先祖祭をしてもらうようになった。以上のような因縁があって、昭和二十八年（一九五三）十月、横川に虚子塔（爪髪塔）が出来、その開眼供養が行われた。この虚子塔の開眼供養を記念して三年にわたって俳句の募集が行われたのだった。虚子の選んだ百句の中から虚子塔を詠んだ数句を引こう。

虚子塔を去り難けれど冷きびし　　住谷篤子

虚子塔をかこみちらばり椿植う　久米幸叢
虚子塔へ銀河あかりの道ひろふ　吉川葵山
虚子塔に移植の椿列を正し　福吉圓鈔
虚子塔に立てば蜩またしきり　土屋雅世

椿を植える句があるが、虚子塔のまわりに虚子の弟子たちが全国各地から椿を持ち寄って植えた。虚子も自宅の庭の椿を移植した。なんだか宗教行事みたいでボクには閉口だが、俳句の選者という仕事を核にして、晩年の虚子は一種宗教的な集団「ホトトギス」を形成した。そういえば、彼には次の句がある。

明易や花鳥諷詠南無阿弥陀

昭和二十九年（一九五四）、虚子八十一歳の作である。季語は「明易し」、夏の夜が短くてすぐ明けてしまうことを言う。「花鳥諷詠」は虚子にとっては俳句そのもの。俳句はお経みたいなものだ、という句意だろうか。夜明けのまだ朦朧とした意識の折、アケヤスヤカチョウフウエイナムアミダと唱えると、さて、どうなるのだろう。椿を持って虚子塔へ行きたくなる？

虚子の墓は鎌倉の寿福寺にあるが、比叡山横川にも分骨されたという。虚子と虚子の門下にとって比叡山は聖地なのかもしれない。

4　鎌倉

中年以降、虚子は鎌倉に住んだ。鎌倉から東京へ仕事で通う、それが虚子（俳人）の生活スタイルになった。

鎌倉から通勤

明治四十三年（一九一〇）十二月の東京から鎌倉への引っ越しのようすを虚子の次男の池内友次郎が書いている。

妹宵子が生まれていたので、家族七名と女中二名の大移動であった。新橋から鎌倉まで二時間ぐらいかかったはずだ。まだ東京駅というのが無く新橋駅が始発起点で、もちろん蒸気機関車であった。現在のグリーン車に当る当時の二等車に乗ったが、その客車にはわれわれ一行だけが居たような感じで閑散としていた。

……

鎌倉の新居は庭のある平屋で、やはり貸し家であった。海から遠くはなく、夜分にはよく浪の音が聞こえた。電燈がまだ無く、石油ランプであった。日の当る縁で母などがよくランプのほやを拭いていた。まもなく電燈はつくようになった。

（『父・高浜虚子』平成元年〔一九八九〕）

子どもの健康に対する不安、そして自身の体調不良がこの引っ越しの意図だったが、同時に「ホトトギス」の不調を回復したいというねらいもあった。虚子はこの引っ越しを「一大決心をして統ての生活を立直すべく努力した」（『俳句の五十年』）と書いている。ボク的な言い方をすれば中年の危機を転居によって一挙に乗り越えようとしたのだ。

鎌倉の虚子は汽車で東京の「ホトトギス」発行所へ通勤した。その「ホトトギス」発行所は大正十二年（一九二三）一月から丸ノ内ビルディング（丸ビル）に移った。虚子の通勤のようすを高木晴子（虚子の五女）が「横須賀線の虚子」と題して書きとめている。

私は横浜のフェリス女学校へ通っていた。毎朝七時台の汽車に乗った。父は女の子は二等に乗せていた。学校では贅沢だと呼びつけられた事があったが、父は決して三等には乗せなかった。七時台の汽車で大てい父と一緒だったが、並んで座ることは嫌やだった。離れて座る私は、鎌倉を出はずれるとシートに立ち上って袴をぬぎ出す父の姿を見つゝ赤くなって下を向くのだった。袴をくるりとまとめ風呂敷包みと一緒に置くと、ゆっくりと御不浄へ入る。お通じを長い時間かけて終って来られる。又シートの上に立ち袴をはき終え、座席にゆったりと腰を下ろし、やおら風呂敷包みより雑詠の束を取出して選句を始められるのであった。それは何んでもない様に日ごと行われていたのである。

父はこうして毎日丸ビルに出勤していられたのであった。（『虚子物語』昭和五十四年（一九七九））

娘を二等車、すなわち今のグリーン車で通学させる発想は、虚子的には合理的だったのだろう。三等は混んだり痴漢行為があったのかもしれない。としたら、経済的に可能だとしたら二等車で通学すればよい。三等よりも快適、そして安全だ、という理屈だ。それにしても、毎朝のトイレのルーティンがいいなあ。

ところで、当時の最新のビジネスビルに「ホトトギス」の発行所を置くという発想は、俳句の仲間から商売人と揶揄されたその揶揄を一挙に逆転させる行為だったかもしれない。揶揄については第三章を見て欲しいが、虚子はビジネスの最前線に「ホトトギス」を置いたのである。もっとも、丸ビルを管理する三菱地所の赤星水竹居《すいちくきょ》と知り合い、彼が俳句の門下として虚子を支えたという一面があっただろうが。

俳小屋

虚子は昭和十九年（一九四四）九月に長野県小諸へ疎開した。小諸の虚子は、家主が蚕を飼っていた建物を仕事部屋としてリフォームし、その部屋を俳小屋《はいごや》と名付けた。その俳小屋でも仕事ぶりは次のようだった。

朝飯を済ませてから、其日の仕事を風呂敷にくるんでその俳小屋に出掛け、夕方暗くなる迄仕事をしてゐるといふことが殆ど毎日のやうに続いて、私には其俳小屋の節穴の多い板戸や、隙間のある壁や、鴨居の曲つてゐるのや、天井の波うつてゐるのや、畳のでこぼしてゐるのや、総て其等のことが一種の懐かし味となつて、其処で選句をしたり、手紙の返事を書いたり、時には文章を作つたりする上に安堵と落着きを見出すのであつた。

（『昔薊』昭和二十七年（一九五二））

丸ビルが俳小屋に変わっている。いや、丸ビルへの通勤が俳小屋へ出掛けるというかたちで続いている。

小諸の俳小屋では門下の俳人たちが集まって俳小屋開きの句会が行われた。高野素十《すじゅう》の提案だったらしいが、参加した俳人は次のような句を詠んでいる。俳小屋には炉があった。

大夏炉俳諧の火を燃やすべく　素十
俳小屋といはれ似合ひて大夏炉　立子
俳小屋の前一八の屋根二つ　杞陽
登り路の少し疲れて桐の花　愛子
山荘に朝の客ある苺かな　実花
俳小屋は二間一つに大夏炉　柏翠

虚子も数句を詠んだ。

夏炉をばめぐり俳小屋開きかな　虚子

俳小屋は十八畳に大夏炉
俳小屋の主顔して大夏炉
俳小屋に夏座布団の散らかりて

右の俳句は『小諸雑記』（昭和二十一年（一九四六））に出ている。親しい門下が集まり、虚子を囲んで楽しむ。それは虚子の晩年の特色だったが、そのような虚子を囲む真ん中に俳小屋があった。虚子は昭和二十二年、約四年ぶりに鎌倉へ戻る。その鎌倉の家にも俳小屋が作られた。かつての子ども部屋を整理してそこを俳小屋と呼ぶことにしたのだった。

新らしく命名された俳小屋には、置炬燵をして雑詠の句稿を積み重ねて、それの選をしたり手紙を処理したりして、此頃は日を過ごして居る。（『昔薊』）

鎌倉の虚子は亡くなるまで通勤者であった。雑詠の選をすること、それが彼の主な仕事だった。虚子は俳句を詠む人＝俳人だったが、それ以上に選者という専門職の人だったのではないか。

第二章　子規との葛藤

1　子規との出会い

虚子は正岡子規と出会い、子規と付き合うなかで自分を作ってゆく。

明治二十四年（一八九一）、十七歳の虚子ははじめて子規に会った。夏休みに帰省していた大学生の子規らと競吟をしたことは前章で触れたが、子規に会う直前の虚子は文学に魅かれていた中学生だった。そのころの自分のことを虚子は次のように語っている。

文学上の交際

当時、中央では坪内逍遙《しょうよう》、山田美妙《びみょう》、尾崎紅葉《こうよう》、幸田露伴《ろはん》、森鷗外《おうがい》等の人々があらわれて来た時分でありまして、それ等の人の作物は地方の青年の心を唆《そそ》るものがありました。が、そればかりでなく、中学校の教科書で西洋の文学の片鱗をも窺《うかが》い知る事が出来たという事も、亦《また》大きな刺戟でありました。
中学四年のときであったが、国民之友が初めて夏季附録を出して、露伴の「一口剣」、美妙斎の「胡蝶」、春廼屋《はるのや》の「細君」、鷗外の「舞姫」、思軒《しけん》の「大東号航海日記」を載せたのを見ました。五年になった時分に早稲田文学の第一号が出て、引続いて柵草紙《しがらみそうし》も松山の町に来ておって唯《ただ》一冊あったのを私は買いました。

「春廼屋」は逍遙の別号、「柵草紙」は正しくは「しがらみ草紙」で鷗外を中心にした文学評論の雑誌だった。近代の新しい文学の勃興期、それが虚子が文学に関心を持つようになった時期だった。さらに虚子は言う。

丁度その時分に碧梧桐《へきごとう》が放課の時間に、何か書物を読んでいるのを見まして、近寄って何かと覗いてみると、それは「乙二《おつじ》七部集」という書物でありまして、それが元になって二人で俳句の話をしました。……だんだん話を進めて行くにつれて、正岡子規が東京の文科大学に籍を置いて、文学を研究し、殊《こと》に俳句を作っているという事を聞きまして、子規に交遊を求めてみたくなりました。それで、碧梧桐を介して、自分も文学が好きであるから教《おしえ》を乞いたいという様な事をいってやりました。そうすると日ならずして子規から手紙が来ました。その手紙は青年の心をひきつけるような手紙でありました。それから頻りに子規に文通しはじめました。

（『俳句の五十年』）

実は、子規とはあの「失敬」と言った東京帰りの書生だったのだ。そのことが分かるのは、実際に虚子が子規に会ったときだが、子規から最初に来た手紙は次のようなものだった。明治二十四年（一八九一）五月二十八日に書かれた手紙である。当時の手紙の文体だった候文、しかも漢文体なので、今ではやや読みづらいが、全文を引くので、出来れば音読して欲しい。子規の研究を始めた若いころ、ボクはなんどもこの手紙を音読した。気が滅入っている時などに読むと、なぜか勇気のようなものが湧いた。虚子宛の手紙なのだが、自分に来た手紙のように感じたのだった。

御手紙拝見　益《ますます》御多祥欣賀之至リニ候　小生未《いま》だ拝顔を得ず候へども賢兄池内氏之第四郎にしてしかも河東氏の親友といふ已《すで》に相識の感有之候《これありそうろう》　河東氏の談によるに賢兄近来文学上の嗜好をまされたるもの丶如し　聞く賢兄郷校《きょうこう》に在《あ》りて常に首位を占むと僕輩頑生《ぼくはいがんせい》真《まこと》に健羨にたへず　請《こ》ふ国家の為に有用の人となり給へかまへて無用の人となり給ふな　法律なり経済なり政治なり医学なり　悉《ことごと》く名人学者の来《きた》るをまつものならざるはなし　然《しか》れども真成之文学者また多少の必要なきにあらず　僕性来疎慵《せいらいそよう》世事に堪へず妄《みだ》りに戯文《ぎぶん》家を以て我《わが》任となす　固《もと》より大方の嗤笑《ししょう》を免れずといへどもまた如何《いかん》ともなす能《あた》はざるなり　賢兄僕を千里の外に友とせんといふ　僕豈《あに》好友を得るを喜バざらんや　併《しか》し天下有用之学に至りてハ僕ノ知らざる処《ところ》賢兄の望《のぞみ》をみたすに足らざるは勿論也
若《も》し文学上の交際を以て僕を教へんとならバ謹んで誨《おしえ》を受けん
右御返事まで　早々不具

正岡常規《つねのり》

五月二十八日

高浜　賢兄

写しながらボクはごく自然に声に出して読んでいた。漢文体の響きが快い。『俳句の五十年』ではこの手紙について「青年の心をひきつけるような手紙」と虚子は書いているが、ボクもひきつけられた青年の一人だった。

子規は虚子より七歳の年長だが、後輩を見下ろした気配がまったくなく、文学好きな者どうしの対等な付き合いを呼び掛けている。

小説家への夢

さきに引いた『俳句の五十年』で述べていたように、中学生の虚子の文学への夢は小説にあった。この夢は虚子の生涯にわたって続く。虚子は俳句雑誌「ホトトギス」を主宰する俳人として世間に知られてゆくのだが、小説家への夢が彼の中にはいつもあった。実は『俳句の五十年』の末尾は「文章の誘惑」であった。

文章と俳句は裏表になり、綯《な》い交ぜになり、私の生涯に付きまとってきているように感じます。やはり小説とか文章とかいうものは、老年になった今日でも心をひくところのものでありまして、もし、他から強圧的に執筆を余儀なくせられるような場合があったならば、しばらく俳句の方は休んでも、その方に力を尽す時が来ないとも限らない、もしかしたらそういう時が来はしないかというような恐れが、往々にしてあるのであります。まったくこれは、私にとって恐ろしい事でありまして、今日の老齢になって何も好んでそういう苦しい立場に立たなくてもいいのではないかという事を、自問自答するわけでありますが、それにも拘らず、そういう誘惑がもしあったならば、そうして筆を執るのに恰好な条件が具備して、大して私をその方から引き止める強力な障碍がないという事になれば、老後の思い出に、出来るだけの事をやって見たいというような心持もするのでありますが、そういう誘惑はなるべく避けて、今まで通りの俳句の道に携わって毎日を過していく事の、比較的平静な日常を冀《こいねが》っておるのであります。

これは自分への挑戦というか、自分の夢をもう一度追おうとしているのだ、と言っていいだろう。いや、今の自分、すなわち俳句を作る自分を超えてもいいと言っているのだ。時に虚子は六十九歳、前年十二月に「大東亜戦争」（『俳句の五十年』の虚子の表記）が起こっていた。

虚子の小説への夢は戦後に実現する。大佛次郎の要請を受けて雑誌「苦楽」（昭和二十二年〔一九四七〕一月号）に小説「虹」を発表、虚子は敗戦後の老大家として脚光を浴びる。小説の夢がはからずも実現したのだが、その詳細は第十章「老艶」を見てほしい。

先を急ぎ過ぎた感じになったが、要するに小説への夢を持つ中学生が子規というまぶしい先輩に出会ったのである。

2　新派の俳人

上京して

明治二十七年（一八九四）十月、虚子は仙台第二高等中学校を退学、文学者を夢見て上京した。仙台では碧梧桐と同宿していたが、彼と示し合わせた行動だった。もちろん、碧梧桐もいっしょに退学・上京した。そして、虚子は新海非風の家に、碧梧桐は子規の家に寄寓した。彼らの退学に子規は強く反対し手紙で次のように書いたが、二人は兄事する子規の意見を聞き入れなかった。

今や両兄共に志す所ありて高等中学を退学し一個の十九世紀文学者たらんと欲す、小生は両兄に対して更に注文すべきもの多し、若し両兄が今迄に作り給ひし文章俳句小説、之を文学者の作として見んか平凡ならざれハ陳腐、幼稚ならざれハ佶屈、殆《ほとん》ど見るに足るべきものなきなり

痛烈な批判だった。明治二十七年十一月二日に書かれたこの手紙の末尾では「要するに高等中学生たりし両兄に向ては感服せしもの多し、然れども文学者たる両兄に対してはあきたらぬ者多し」と念を押している。碧梧桐の『子規の回想』（昭和十九年（一九四四））にこの手紙を読んだ二人の会話が出ている。まず、虚子が言う。

「馬鹿にしょげといでるな。

「……ア丶まで言はれりゃアな……自分の面目を考へるものならな……。

「なアに、のぼさんはよくムカッ腹をお立てるけれな、随分ひどいこともお言ひるぞな、さういふと何ぢやが、のぼさんはあれでシンは冷たい人ぞな、ことしばらく一処にゐて、つくづくさう感じたこともあるのよ――と言つて、そこがのぼさんのエライところかも知れんがな、まア自分のいふことをきかないで生意気に勝手なまねをする、といふのでプリプリしておいでるのよ。

「さうぢゃらうか、何だかのぼさんに顔を合せられないやうな気がしてな――あしアあの手紙が来てから二晩ばかり寝られなんだ、ほんとぞな。


先の手紙に碧梧桐の方がよりショックを受けている会話だが、実は虚子は、この年二月に高等中学校を休学して上京、しばらく子規の家に寄寓した。その折の子規の態度から「のぼさんはあれでシンは冷たい人ぞな」と思うようになったのだろう。つまり、虚子は手紙で言われたこととほぼ同じことを二月の上京の折に言われていたらしい。

さて、上京した二人はどうしたか。とりあえず碧梧桐は子規の家へ、虚子は非風の家へ寄寓して東京での文学者の日々が始まる。もっとも、子規の言い分ではないが、彼らにはまだこれという作品があるわけではない。それでも、この年五月に出た小日本叢書『俳句二葉集　春の部』には碧梧桐の二十六句、虚子の二十五句が出ている。五百木瓢亭三十六句、子規三十二句について多い。この俳句選

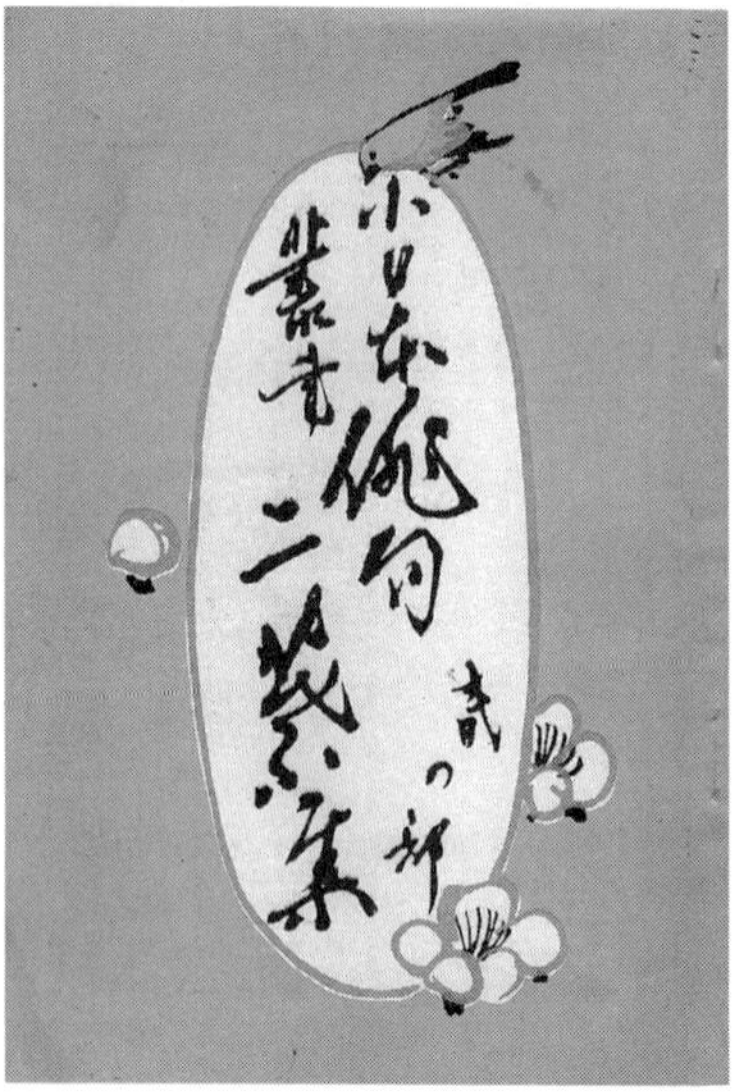
小日本叢書『俳句二葉集　春の部』表紙

集は子規が編集長だった新聞「小日本」に掲載した句を「小日本」の付録として本文三十二頁の小冊子にしたもの。ささやかな俳句選集だが、子規のグループのいわば社会的デビューであった。松山市民双書として復刻された『俳句二葉集』を解説した和田茂樹は、子規はこの『二葉集』で「はじめて虚碧二人の将来性を暗示した感がある」と述べているが、その通りであろう。

子規は二人の行動を危惧し、二人にとっては厳しいことを言いながら、その一方で、二人の将来にたしかに期待してもいた。

鶏の築地をくづす日永かな
人すまぬ島もありけり春の海
長橋や夕日の雲雀舞ひ上る
引汐や淡路をさして飯蛸が
茨の芽や石垣の蛇穴を出る

虚子の句を挙げたが、「淡路をさして飯蛸が」がおもしろい。引汐のとき、淡路島へ向かって飯蛸がやってくる、と思うと、なんだかわくわくする。飯蛸は群れを成してくるのだろうか。突拍子もない発想だが、その意外性が楽しい。

道灌山の決裂

碧梧桐と虚子が上京した翌年の三月、子規は新聞記者として日清戦争に従軍する。従軍が決まってすぐ、子規は二人に従軍に対する思いを伝えた。半紙四枚に記したそれは、

河東秉五郎君足下
高浜清君足下

と始まり、「僕足下ト交遊僅《わず》カニ数歳而シテ友愛ノ情談心ノ交恰《あたか》モ前世ノ契約ニ出ヅルガ如ク」と続く漢文調の手紙であった。新聞記者として従軍することの意義を述べ、再会の折には二人の「学問文章必ず人を驚かす」ものになっていることを期待する、と語を継ぎ、最後に以下のように記した。

僕若《も》シ志ヲ果サズシテ斃《たお》レンカ僕ノ志ヲ遂《と》ゲ僕ノ業《ぎょう》ヲ成《な》ス者ハ足下ヲ舎《お》テ他ニ之ヲ求ムベカラズ　足下之ヲ肯諾《こうだく》セバ幸甚
明治二十八年二月二十五日

子規は万一の時の後事を二人に託したのだ。

その子規は、結局、不安視されていた肺結核が悪化、重態になって五月に神戸へ戻ってきた。定職を持たなかった虚子は日本新聞社の依頼で看護に駆けつけた。子規は一時は危篤状態に陥り、東京からは碧梧桐が母を伴ってやってきた。回復した子規は、七月には神戸病院を退院、須磨保養院に移る。虚子も須磨保養院へ付き添ったが、帰京することになった数日後、子規は虚子に後継者になることを要望したらしい。『俳句の五十年』でそのことに触れた虚子は、「改まってそういう事をいわれた私の双肩には、非常に重い荷物が俄かにかぶさってきたような気持がして、多少の迷惑を感じないではないのでありましたが、しかし子規が改まっての委嘱でありまして、どうもその場合それを辞退する事が出来なかったのでありました」と書いている。東京に戻った虚子は、早稲田専門学校（後の早稲田大学）で坪内逍遙の講義を聞いたと先の『俳句の五十年』に記している。子規の希望に応えて学問をしようとしたのかもしれない。

さて、その後継者云々だが、病状が落ち着いて東京に戻ってきた子規は、十二月の某日、虚子を道灌山へ散歩に誘った。この散歩は「道灌山の決裂」とも言うべきもので、子規と虚子にかかわる有名なエピソードだ。これを有名にしたのは虚子であった。彼は『俳句の五十年』「子規居士と余」などでなんどもこの道灌山の決裂に触れている。

「子規居士と余」によると、道灌山の茶店に腰をおろした子規は、まず菓子を注文し、それから、「どうかな、少し学問が出来るかな」と虚子に問いかけた。話は二、三時間に及んだというが、虚子は子規の気持ちに一致することは出来なかった。

「私は学問をする気は無い」と余は遂《つい》に断言した。これは極端な答であったかも知れぬがこう答えるより外に途がないほどその時の居士の詰問は鋭かった。が、又今日から考えて見ても此の答は正しい答であったと思う。余はたとい学問の興味が絶無でないまでも、生涯を通じて読書子ではないのである。余の弱味も強味も――もしそれがありとすれば――何《いず》れも此の非読書主義の所に在る。

「それではお前と私とは目的が違う。今まで私のようにおなりとお前を責めたのが私の誤りであった。私はお前を自分の後継者として強うることは今日限り止める。つまり私は今後お前に対する忠告の権利も義務もないものになったのである。」

「升《のぼ》さんの好意に背くことは忍びん事であるけれども、自分の性行を曲げることは私には出来ない。つまり升さんの忠告を容れてこれを実行する勇気は私にはないのである。」

もう二人共いうべき事は無かった。暮れやすい日が西に舂《うすず》きはじめたので二人は淋しく立ち上った。

虚子は以上のように「道灌山の決裂」を書き記した。

この決裂、子規と虚子の性向や考え方、あるいは生き方の違いとして虚子の評伝などでよく話題になってきた。それはその通りだと思うが、この決裂譚は虚子が作った伝説に近い、とボクは思っている。

右の引用の後で、家に戻った子規が、決裂の「痛憤の情」を瓢亭に宛てた手紙〔明治二十八年〔一八九五〕十二月〕に記した、と虚子は書いている。虚子の先の会見記よりもさらに詳しく子規はその手紙で決裂に至る経過を書いている。書くことで痛憤というか、興奮を鎮めている感じだ。子規は、以前には碧梧桐に才能があると思っていたが、碧梧桐はすでに見限り、今では虚子に後継を期待するようになった、と言い、須磨で後継を託したことに触れている。子規の従軍中、日本新聞の子規の仕事は碧梧桐にゆだねていたが、碧梧桐は「入社早々醜聞を流しおまけに無学の評」があって新聞の役には立たない。病気がひどく、「逆上甚だしく一昨日来半狂の心持」だった自分は、虚子に後事を託そうとした。だが、虚子は、「文学者にならんとは思へどもいやでいやでたまらぬ学問までして文学者にならうとまでは思はずとの答」であった。次はその長文の手紙の結びである。

非風去り碧梧去り虚子亦《また》去る　小生の共に心を談ずべき者唯貴兄あるのみ　前途は多望なり文学界は混乱せり　源語は読了せしや如何《いかん》　俳句は出来しや如何　小説は如何　過去は如何　現在は如何　未来は如何　一滴の酒も咽を下らず一点の靨《えくぼ》も之を惜む　今迄でも必死なりされども小生は孤立すると同時にいよいよ自立の心つよくなれり　死はますます近きぬ　文学はやうやく佳境に入りぬ　書かんと欲すれば紙尽く　喝《か》ツ

死を自覚した子規の焦りや孤立を感じるが、実は彼は決裂の事情を瓢亭あての手紙に書いたものの、そのほかでは書いていない。つまり、子規と瓢亭の間の話にとどめているのだが、当事者の一人の虚子が「子規居士と余」などで取り上げ、この決裂譚がとても有名（?）になった。

ついでにいえば、子規が他界した直後、子規の母が「升《のぼ》は清さんが一番好きであった。清さんには一方ならんお世話になった」とそばにいた鷹見夫人に話したということが「子規居士と余」に書かれている。この話も虚子発の虚子が当事者のエピソードだと言ってよいだろう。

右のような虚子の吐露というか、子規との関係の陳述は、ボクにはやや不快である。決裂譚を友人への手紙にとどめ、その後も虚子をなにかと後押しした子規の態度にボクは魅かれるから。ちなみに、子規の瓢亭あての手紙は、当の瓢亭によって、明治三十五年（一九〇二）十二月発行の「ホトトギス」に掲載されている。「ホトトギス」のこの号（第六巻第四号）は「子規追悼集」であった。

ところで、この評伝では、虚子の生活者としてのあれこれなどにはあまり言及しない。というのも、生活者の虚子はいくら丹念に調べても結局は分からないと思うから。ボクの書棚には『俳人〇〇〇〇の真実』などという題名の本があるが、俳人にしても小説家にしても、どのように日々を過ごしていたかの細部は分かりようがない。分かったところで、それが作品とどんな関係があるだろうか。作品の素材、あるいは動機が作者の日常にあるかもしれないが、でも、日常を離れたところで、つまり、日常を断ったところで、作品は成立している。微妙な話だが、虚子が残した子規との決裂譚も、虚子の作った作品に近い。それは実際の日常を離れてできた、つまり虚子の作った作品（エピソード）と言ってよい。

新派の代表　明治三十年（一八九七）一月、子規は評論「明治二十九年の俳諧」を新聞「日本」に連載した。二十三回と付記一回、合計二十四回の長い評論であり、後に単行本『俳句界四年間』（明治三十五年〈一九〇二〉四月刊）に収録された際、題名が「明治二十九年の俳句界」と改められた。この評論、子規のグループの俳句を新派として打ち出し、その新派の代表的俳人を世間に紹介したものだった。真っ先に子規が取り上げたのは虚子と碧梧桐であった。

子規はまず碧梧桐のつぎのような句を挙げた。

赤い椿白い椿と落ちにけり
乳あらはに女房の単衣襟浅き
葉鶏頭と鶏頭とある垣根かな

椿の句について、「紅白二団の花を眼前に観るが如く感ずる」「印象明瞭なる句」だ、と子規は言い、その印象明瞭を明治の新派俳句の特色、そして碧梧桐の特色だと説いた。ちなみに、赤い椿の碧梧桐の句は、この評論によって広く知られ、現在でも彼の代表的作品になっている（たとえば『現代俳句大辞典』〈三省堂〉はこの句を代表作の一つとして挙げている）。

ついで、明治二十九年の特色として子規が挙げたのは「虚子の時間的俳句」であった。

しぐれんとして日晴れ庭に鵙来鳴く
窓の灯にしたひよりつ払ふ下駄の雪
盗んだる案山子の笠に雨急なり

これらの句、たしかに時間の流れをその情景に感じるが、しかし、碧梧桐の椿の句ほどには有名にならなかった。いや、今に至るもほとんど話題になることのない作品である。案山子の句は虚子の句集『五百句』に収録されてはいるのだが。この句集の次のような作が実は時間的俳句の傑作なのではないか。

遠山に日の当りたる枯野かな　明治三十三年
桐一葉日当りながら落ちにけり　明治三十九年

先の『現代俳句大辞典』はこの二句を共に代表作として挙げている。前句は「枯淡の心境」を、後句「葉が落ちる感じをよくつかんでいる」、つまり上手に写生していることを代表句の理由にしているが、むしろ、時間的俳句の傑作なのではないか。遠山に当たっている「日」はゆっくりと移ってゆく。その日の移ろいが枯野の様相を変えてゆく。桐一葉の句も、日の移ろいを桐一葉がしみじみと感じさせるのではないか。つまり、子規が指摘した時間的俳句は、これらの句で実現し、虚子の代表句になったのではないか。

「明治二十九年の俳句界」は碧梧桐、虚子のあとに石井露月、佐藤紅緑、村上霽月、夏目漱石、柳原極堂などを取り上げているが、まだ二十歳そこそこの漠然と文学者を目ざしていた碧梧桐と虚子が不意にスポットライトを浴びた感じである。

子規は言う。「知らずや俳句は将《まさ》に尽きんとしつゝあるを。知らずや二人の新機軸を出したるは消えなんとする燈火に一滴の油を落したるものなるを」。碧梧桐と虚子が明治の新派俳句に打ち出した新機軸、すなわち印象明瞭な俳句と時間的俳句は、消えかかった火の最後の輝きと子規には見えていた。「明治二十九年の俳句界」は新派の宣言とも言うべき内容だったが、子規の文学史的な見方では俳句は今まさに尽きようとする文学であった。その俳句の命脈と自分の尽きようとする命を子規は重ねていた。

3　大文学者になろう

下宿屋

子規によって俳句界の最前線へ押し出された虚子だが、しかし、俳人として暮らしが立ったわけではない。雑誌「日本人」に俳句にかかわるエッセーを書き、「国民新聞」や雑誌「文庫」「反省雑誌」などの俳句欄の選者をつとめたが、それでもまだ生計は立たなかった。

明治三十年（一八九七）六月には大畠いとと結婚。夫婦で兄、池内政夫の下宿業の手伝いもした。

この下宿業のことは小説「続俳諧師」に描かれている。下宿はまかない付きで、十余人の客がいた。たとえばある日、虚子をモデルにした人物（春三郎）は、ある日、「殆ど狂気のやうになつて何も彼も一人でした。客膳の上げ下げもした。客室の掃除もした。ランプ掃除もした。例の七番の夫婦連の使ひ歩きもした。岡持を持つて豆腐屋へも行つた」というように働いている。竈の前にしゃがんで飯も炊いた。

しかし、この下宿屋はうまく行かず、結局、廃業に至るのだが、虚子は明治三一年一月、「万朝報社」に入社、ようやく安定した職を得た。同年三月には長女・真砂子も誕生した。

ちなみに、下宿業を手伝う自分を描いている「続俳諧師」はちょっと不思議な小説である。この小説、正確な題名は、

続俳諧師
　　―文太郎の死―

である。サブタイトルのように春三郎の目から、もっぱら兄、文太郎を描いているのだが、俳諧師らしい人物はいない。下宿業を手伝いながら、自分の事業に乗り出す春三郎が俳諧師なのだと思われるが、俳諧（俳句）の話はまったく出てこない。春三郎が俳句を詠んでいるとも書かれていない。つまり、この小説がなぜ「続俳諧師」なのかが読者には分からない。

と考えてきて、今、ふと気づいた。文太郎や常蔵への春三郎の親近感、それがもしかしたら俳諧師的なものかもしれない、と。小説の末尾で、春三郎は文太郎について次のように思っている。「兄の死は固《もと》より悲しい。けれども今病室に横《よこた》はつて居る彼の屍は実に美しい。恰も此の月明の空の如く美しい。彼の生涯は徹頭徹尾悪戦苦闘の生涯であつた。さうして悉く失敗の歴史であつた。けれども彼の屍には一の汚点も無い。玲瓏玉の如く潔い」。小説の読者のボクの目からは、文太郎は純真だが、視野が狭いというか、ただひたむきに純真、という気がし、下宿業という事業に失敗するだろうな、と予測がつく。実際彼は、下宿業で精根が尽き果てたという具合になり、チブスに罹って他界する。春三郎は下宿業は自分らしい仕事ではないと思いながら、文太郎のひたむきな純真さに魅かれるのだが、文太郎に魅かれるような精神というか感性、それを虚子は俳諧師的と見ていたのかもしれない。

春三郎は妻の兄、常蔵にも魅かれている。彼は会社の収賄事件で上役の罪を被り、三年間の入獄をする。やはり小説の末尾で、「何者か頻りに恋しくなつて来た」春三郎は、常蔵を想って微笑する。刑期を終えて常蔵は明朝に戻って来るのだが、「彼に逢はう。さうして此《こ》空寂の情を遣《や》らう」と春三郎は思い、「再び大地を歩き始めた」。つまり、三年の入牢で常蔵が果たした修養、それに春三郎は魅かれているのだ。小説「俳諧師」では破滅的な五十嵐十風に主人公がひかれるが、十風的な人物が文太郎であり常蔵である。彼らの持っていたものが俳諧的、あるいは俳諧師的なものだと虚子は感じていたのではないか。ちなみに、「俳諧師」は明治四十一年（一九〇八）二月から九月にかけて「国民新聞」に連載したもの、「続俳諧師」もまた翌年の一月から六月にかけて「国民新聞」に連載した。虚子は下宿業に携わっていたころを回想しながらこれらの小説を書いたのだった。

最初の本『俳句入門』

明治三十一年（一八九八）三月、長女、真砂子が誕生した。その翌月、虚子は最初の本『俳句入門』を出版した。当時のことを虚子は『子規居士と余』の第十二章で次のように語っている。

その頃余の一身上には種々の出来事があった。余は一時季兄を助けて芝に下宿を営んだ。それが緒についてから日暮里《にっぽり》に間借をして家を持ち、間もなく神田五軒町に一戸を構えて父となった。余は最早《もはや》放浪の児ではなくなった。出産の費用を得るために『俳句入門』を出版したり、小説めいたものを書いて今の『中央公論』の前身『反省雑誌』に寄せたりした。政教社と国民新聞から若干の給料を貰っていたがそれだけでは生計を支えるに足りなかった。

「季兄」は末の兄の池内政夫、「政教社」は雑誌「日本人」の発行元である。出産の費用をまかなうために出したという『俳句入門』は明治三十一年四月二十日に内外出版協会から出ている。ボクの持っているのは明治三十三年五月刊の第四版、約二年で四版にもなったということはよく売れたということだろう。出産費用の一部は稼げたかもしれない。

『俳句入門』は今の文庫サイズ、本文二三〇頁からなる。第一篇から第七篇は書き下ろし、第八篇は「二三年前の文章にして一度新聞雑誌に出でたるもの」（例言）だった。目次を示そう。

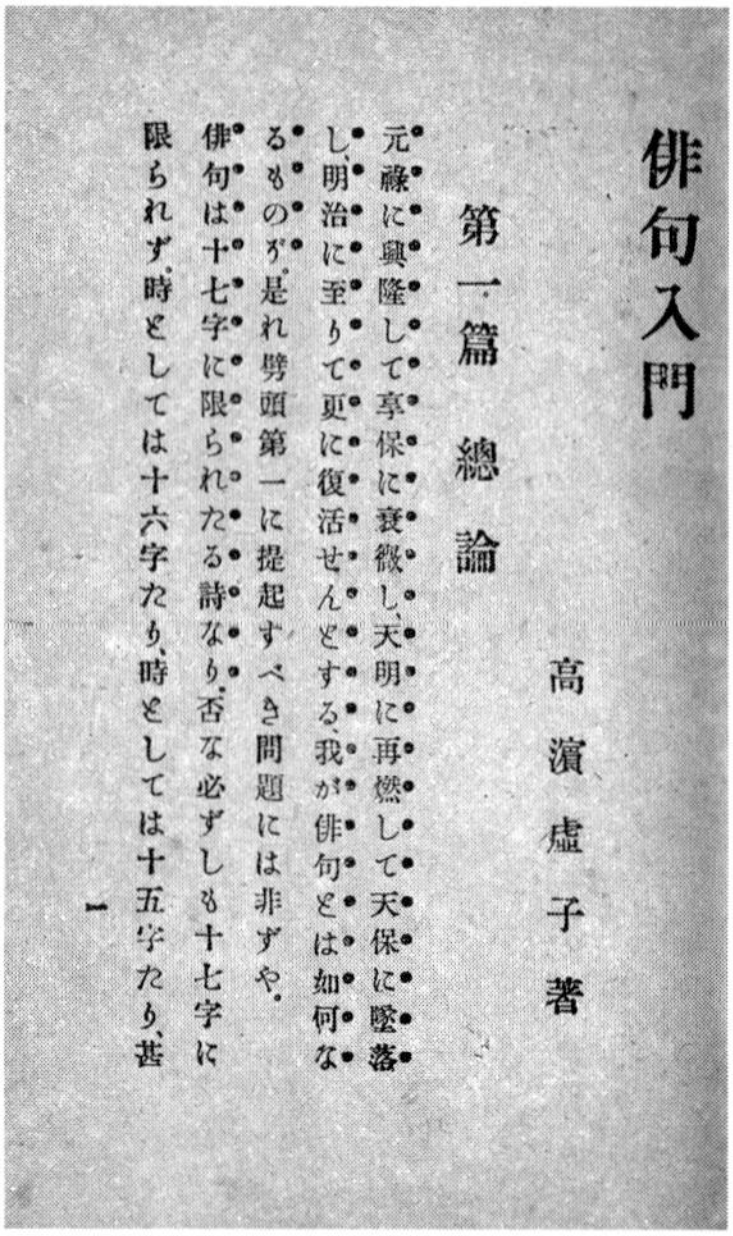
俳句入門

高濱虚子著

第一篇　總論

元祿に興隆して享保に衰微し天明に再燃して天保に墜落し、明治に至りて更に復活せんとする我が俳句とは如何なるものぞ是れ劈頭第一に提起すべき問題には非ずや。

俳句は十七字に限られたる詩なり、否な必ずしも十七字に限られず、時としては十六字たり、時としては十五字たり、甚

一

『俳句入門』

第一篇　総論

俳句とは何ぞや／俳句の形式／俳句の内容／俳句は叙情詩に非ず／俳句は理屈を許さず／俳句と音楽／俳句と絵画／絵画俳句長篇の詩／俳句の価値／俳句と天然／美の中心点／俳句の運命／故人の名句寥々のみ

第二篇　俳句を解すること

俳句の意味と俳句の価値／俳句の意解／文字の省略／文字の顛倒／省略さるる文字の種類／新体詩と文字の省略／初学者の解し易き句／理屈を交へたる句／文字を顛倒せざる句／壮大と繊

細／時間の上の想像と空間の上の想像／余情

第三篇　俳句を作ること

人の教を請ふこと／書籍を繙くこと／写生と題詠

第壱章　写生

写生とは何ぞや／写生の困難／其の理由／自然と調和／自然と不調和／写生の益／裏庭の写生／市中の写生／旅行／旅行の利益／旅行と名所旧跡／名所旧跡とは何ぞや／歴史的連想の美と風光の美／名所旧跡を濫用する一時期

第弐章　題詠

題詠とは何ぞや／題詠の益／運座／一題十句／二十分若くは三十分／題詠の利害／一題百句

第参章　進歩

学べば進歩す／模倣時代／自立時代／一新機軸を出すの難／客観的の句＝絵画的の句／対象／主観的の句／偏狭なる主観的の句＝理屈的の句／天然と人事／単調と変化／壮大と繊細／奇抜と卑近／鮓の句／俳句進歩の三期

この後の第四篇は「季」、第五篇は「切字」、第六篇は「動く動かぬといふこと」、第七篇は「たるむたるまぬといふこと」、そして最終の第八篇は「俳句雑話」。著者がもっとも力を入れて書いているのは第三篇「俳句を作ること」だろう。この篇だけは章立てをし、「写生」と「題詠」という二つの作り方を論じている。

写生と題詠は俳句修行の二大道途なり写生巧なりとも題詠拙なれば未だ完全なる俳人といふべからず。

右は『俳句入門』の一節だが、「写生」と「題詠」は作り方の両輪というか、ともに大事だ、というのが『俳句入門』を書いた時期の虚子の考えだった。後年、すなわち雑誌「ホトトギス」を主宰する俳人になった虚子は、作り方の基本を次第に「写生」に置くようになり、おのずと「題詠」の比重が小さくなる。そのことは、たとえば『俳句の作りやう』（大正三年（一九一四））を見ればあきらかだ。この『俳句の作りやう』は新俳句入門というおもむきの本であり、平易な語り口調で写生と季語を論じている。俳句は季語（虚子は季題と呼んだ）を核にする文芸であり、表現は写生に拠る、と虚子は述べており、題詠はどこかへ消えている。

写生を俳句の基本の方法として明確に説いたのは子規だったが、彼は漢詩の作り方などでなじんでいた題詠も好んだ。たとえば一題で十句を作る「一題十句」などの作り方に子規は熱中した。題詠の句も写生的に、すなわち光景が目に見えるように子規は作ったのだった。題詠は子規の方法だったのである。もっぱら写生に重きを置くことで虚子は子規離れをはかった、と言ってよいのではないか。

井上泰至は「子規から虚子へ」の副題がついた『近代俳句の誕生』（平成二十七年〔二〇一五〕）において、『俳句入門』を「俳人虚子の出発点」と位置付けている。子規との葛藤の中で自分の俳句観を確立してゆく虚子を見ようとする井上の姿勢に共感するが、一つ、主張しておきたいことがボクにはある。

『俳諧大要』

子規は「ホトトギス」の「随問随答」（明治三十三年〔一九〇〇〕）で、俳句を独学する順序と適当なテキストを読者に尋ねられ、「俳句を学ぶに順序も何もいらぬ事なれど、強ひてそれを聞きたくば俳句入門、俳諧大要でも見るべし」と応えている。『俳句入門』『俳諧大要』をテキストとして推奨しているのだが、『俳諧大要』は子規の俳句原論とでもいうべき本で、明治三十二年一月、ほととぎす発行所から出た。編集人、発行人は虚子だった。ほととぎす発行所については次章でふれるが、それは虚子が社主の出版社であった。『俳諧大要』の虚子の序を写しておこう（句読点は坪内）。

子規子、痾《あ》を戦地に得、帰つて神戸の病院にあること数句、転じて須磨に遊び、やや癒えて故山に帰り、漱石の家に寄寓す。極堂等松風会員諸氏朝暮出入して俳を談じ句を闘す。時に明治二十八年秋、俳諧大要は当時に成るものにして、嘗て新聞日本に連載せらる。是れ子規子進歩の経路を叙したるものにして、又同人進歩の経路を叙したるもの、即ち俳諧の大道なり。今、輯めて一巻となし、俳諧叢書第一編に収むる所以なり。

ほととぎす発行所にて

虚子　識

明治己亥一月

「痾」は病気、日清戦争に新聞記者として従軍した子規は、病気になって神戸に戻ってきた。そのとき、日本新聞社の依頼を受けて看護にあたったのが虚子であった。定職のなかった虚子には時間の自由があり、それで看護が可能だった。ともあれ、その看護にあたっていた折、虚子は『俳諧大要』の内容の一端を聞いた（聞かされた）に違いない。つまり、「俳諧の大道」である『俳諧大要』を踏まえて虚子の『俳句入門』は成り立っている。写生と共に題詠を重視したのはその一例だが、「俳句は詩の一種なり。一切の詩は理屈を許さず。されば俳句にも亦理屈を許さず」というような断言のいさぎよさは『俳諧大要』に通じている。井上は、『俳句入門』は『俳諧大要』の「影響下にある部分も多く、その意味では画期的であったか否か留保すべき点もある」と述べているがその通りであろう。

大文学者

さて、井上への異論だが、虚子は子規の俳句滅亡論を愚論として退けている。『俳句入門』の第一篇「総論」の末尾で、すでに作られた俳句は残り続けるし、造化の妙（大自然の魅力）がなくならない限り、そして人類が亡びない限り、「俳句最終の日」は近くない、と虚子は述べた。虚子は第八篇の「俳句現時の逆運」でも、子規の「明治二十九年の俳句界」の一節、すなわち虚子と碧梧桐が示した新機軸は「消えなんとする燈火に一滴の油を落としたるもの」、つまり、「俳句は将に尽きんとしつつある」という子規の見方をとりあげ、そういう見方をするものを「不覚者」

と難じた。俳句の運命を握っている「真俳人」は専心研鑽につとめており、彼らにとっては滅亡に向かっていると見える現状は、逆に新しく蘇生する絶好の機会なのだ、と虚子は言うのである。

右のような虚子について井上は言う。

ここには、自分たちの俳句への恐ろしいほどの自信と、俳句の可能性への限りない信頼がある。その自信と信頼の背後には、当然のこと、「写生」という画期的な詠法への信頼があったはずである。虚子は、さすがにここで子規の名前を直接挙げることはしない。しかし、やがて和歌の革新にも「浮気」する、生き急ぐ子規は、普段の強気の反面、その病気からか、意外に「弱気」な一面ものぞかせる。虚子はそういう子規を叱咤しているのだった。

ボクには井上のようには思えない。俳句は亡びないよ、と主張する虚子を、子規はにこにこ（あるいはにやにや）しながら見ていた気がする。子規の俳句滅亡論は、熟した時には腐敗が始まっている、というごく分かりやすい理屈である。明治の俳句が絶頂に至ったとしたら、その後は下るほかない。あらためて子規の言葉を読もう。

虚子碧梧桐が多少の新機軸を出だしたるは古来在りふれたる俳句に飽きて、陳腐ならぬ新趣向を得んと渇望せし結果なるべし。而して世には之れを非難する人多し。之を非難するに其句の無味なるを以てする者あり。こは美の標準を異にする者なれば論ぜんやう無し。之を非難するに徒に新奇を好むを以てする者あり、こは多く俳句（文学）の経歴少き人にして其非難は寧ろ自己の無学より起る。知らずや俳句は将《まさ》に尽きんとしつつあるを。知らずや二人の新機軸を出したるは消えなんとする燈火に一滴の油を落としたるものなるを。

（「日本」明治三十年（一八九七）一月二十五日）

一滴の油の輝きとして、たとえば、

赤い椿白い椿と落ちにけり　碧梧桐
遠山に日の当りたる枯野かな　虚子

があったのではないか。たしかに、子規は自分の消えようとする命と俳句の命運を重ねていた。命の絶頂ともいうべき位置で俳句の言葉を紡ぎたいと考えていた。その位置が子規の創作の現場だった。この子規の激しさというか生が同時に死でもある場所の営みに対して、虚子は鈍感だったのではないか。そのことは子規にはよく分かっていた。だから「愚論」と言われても別に反論した気配が子規にはないし、読むべきテキストとして『俳句入門』を人に勧めもした。要するに、新しい一句を作ることは、常に「消えなんとする燈火に一滴の油を落と」すことだ。その激しい試みに子規が賭けたのは、もしかしたら自分の命が長くないと自覚していたからかも。この激しさは『俳句入門』の虚子にはない。

実は、晩年の虚子が吐露している。『俳句入門』は子規の『俳諧大要』の説を「私自身の創意であるように述べた」ものだと。そして、子規の説の祖述は「いくらか子規の説を一般に広める役を勤めたことになった」と言う（昭和三十四年〔一九五九〕一月に執筆した「ホトトギス」の消息。単行本『虚子消息』から引用した）。

では、『子規居士と余』から当時を回想したくだりを引こう。子規との葛藤の中で虚子は漠然と大文学者を目ざしていたらしい。

明治二十九、三十、三十一年の三年間は最も熱心に句作した年で、また居士（子規のこと――坪内）が鳴雪翁、碧梧桐君らと共に余を社会に推挙した年で、それまでは放浪の一書生に過ぎなかったものがたちまち俳人として世に名を知らるるようになったのであるが、それでいて何となく影の薄い感じがする。というものはたとい居士によって社会に推挙され社会から予期せざる待遇を受けるようになりながらもなお自己としては何処までも放浪の書生で、居士の門下生として俳句を作っておる中に格別の興味も誇をも見出し得ないで、半ば懊悩し半は自棄しつつ、ただ本能に任せ快楽を追うのにこれ急であったのである。

右の述懐は『俳句入門』のボクの読後感となんとなく重なる気がする。虚子はさらに言う。

ある時居士は、「お前ももう少し気取ってもええのだがなあ」と笑いながら余に言ったことがあった。余は淡路町の下宿に「大文学者」という四字を半紙に書いて壁に張りつけながら瘧《おこり》を病んでうんうん言っていたことがあった。居士はこの事を伝え聞いて、「大文学者の肝小さく冴ゆる」と同じく半紙に書いて余に送って来た。これは馬鹿気た一笑話であるが、実をいえば十七字の短詩形である俳句だけでは満足が出来なかったのである。世人が子規門下の高弟として余を遇することは別に腹も立たなかったがそれほど嬉しいとも思わなかったのである。このとりとめもないような一種の空想は今もなお余を支配している。余は今でもなお学問する気はない。けれどもどこまでも大文学者にはなろうと思っておる。余の大文学者というのは大小説家ということである。それ以上を問うことは止めてもらいたい。ただ大小説家となろうと思っているのである。

淡路町の下宿にいたのは、虚子が兄の下宿業を手伝うようになる寸前であるが、虚子は子規から逸れようとしている。子規との葛藤の中で、子規を逸れて自分を作ろうとしているのだ。大文学者・虚子はまだ現れていない。

第三章　「ホトトギス」の経営

1　東京版「ホトトギス」

極堂から虚子へ

雑誌「ほととぎす」の第二十号（明治三十一年〔一八九八〕八月三十一日発行）は巻頭に獺祭書屋主人《だつさいしょおくしゅじん》（子規の雅号）の「ほと、ぎす発行処を東京へ還す事」というエッセーを掲げた。明治三十年から松山で出していた地方的雑誌の「ほと、ぎす」を次号から中央的雑誌として東京から出す、と宣言した内容である。「今迄の如く俳論、俳評、俳句等を載するは勿論、其外広く俳文、和歌、新体詩、及び美術文學の批評をも加へて東都の文壇に一生面《いちせいめん》を開かんとす」と子規は抱負を述べている。「一生面」とは一つの新しい方面であるが、詩歌の総合誌を目ざすということだろう。

子規は「ほと、ぎすは余の生命なり」とも言い、読者の支援を呼び掛けている。この熱いエッセーの末尾には「発行処の移転と共に編輯の任亦極堂《またきょくどう》氏の手を離れて虚子氏の手に移るといへどもほと、ぎすの名存する限りは極堂氏の名は永く忘らる、ことなかるべし」とこの雑誌を創刊して二十号まで発行した柳原極堂をいたわっている。

虚子については十六頁に次の記事がある。

帰京　　　　　　　　　　　高浜　清
転居　東京神田区錦町一丁目十一番地　高浜　清

実はこの雑誌、本文十六頁があってその後に「後の頁」（募集俳句を掲載）八頁、さらにその後に「付の頁」（子規の「俳句分類」を掲載）四頁があるという構成である。「後の頁」の末尾には柳原極堂、高浜虚子の連名で「購読者諸君に告ぐ」があり、東京版「ホトトギス」の紙面の予定、代金、募集する俳句の題などがややごちゃごちゃと記されている。この「ほとゝぎす」は柳原極堂が編集発行人で今の愛媛県松山市から出た。その雑誌の経営を虚子が極堂から受け継いだのである。

虚子は明治三十一年（一八九八）五月に病気の母の介護のために松山へ帰省していた。帰京するのは八月末、結婚してすでに長女のある身だが、三カ月も東京を離れておれたのはどうしてだろう。前にも書いたように彼はこの年一月に万朝報社に入社していたが、六月には辞職している。万朝報社の仕事がかならずしも満足できるものではなかったのでないか。あるいは、松山に帰ってすぐに極堂に接触し雑誌継承の話が進んだのかもしれない。このあたりの実際は推測するほかないが、兄に下宿業を勧めて自分も手伝ったのと同様の軽さというか、ちょっとした思いつきで行動する虚子を感じる。要するに、まだ自分が何をしたいかがはっきりしていない。虚子自身は当時のことを次のように回想している。

長女の真砂子《まさこ》が明治三十一年の三月に生れました。私もいつまでも零細な稿料をかき集めているくらいではやりきれなくなりましたので、一つ生計のために雑誌を発行してみようと思い立ちまして、まず一番に子規の協力を求めました。子規は柳原極堂が松山で出している「ホトトギス」という雑誌が、二十号出たばかりでいま経営難を訴えているところであるから、それを引き受けてやってみてはどうかという意見でありました。ではそうしようということになりまして、故郷の長兄から僅かばかりの資本を出して貰いまして、東京で「ホトトギス」第二巻第一号という名義で、私が出す雑誌の

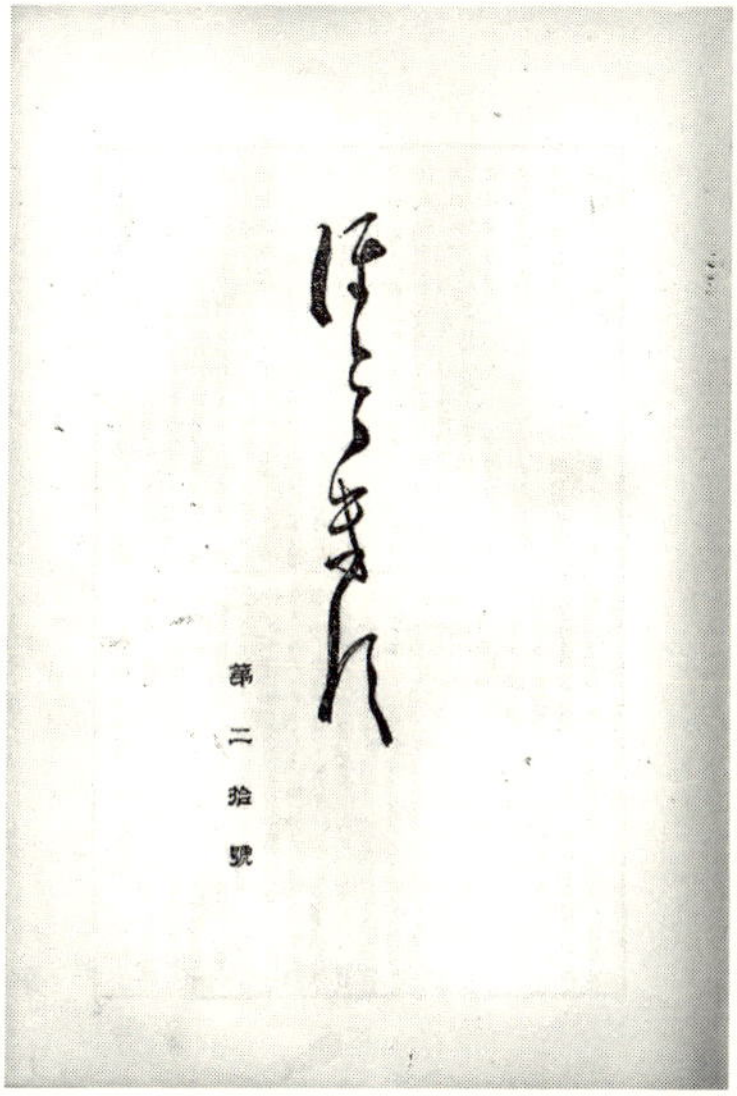

「ほととぎす」第20号表紙

初号を発行することになりました。それが明治三十一年の十月のことでありました。

（『新編　虚子自伝』）

「二十号出たばかりで」云々は虚子の思い違いだろう。二十号には虚子が継承する記事がすでに出ているから。「ほととぎす」第十七号の「東都消息」に「虚子君は今度御老母御病気にて急に家族を引連れ帰松相成《あいなり》候《そうろう》」という記事がある。五月二十二日に書かれた記事だが、家族そろって松山へ帰ったところにまだ何をすべきかが明確でない虚子がいるだろう。ともあれ、雑誌を出したいという漠然とした思いを虚子が子規に話したら、子規が極堂のことを持ち出した。それで松山に戻った虚子は何度か極堂と話し、その結果、「ほととぎす」を東京で出すということになったのではないか。長兄に資金を出してもらった云々は、下宿業を営んだ兄のパターンに似ている。「俳諧師」によると下宿業を勧めたのは虚子だった。

軽い思いつきは、しかし、悪いことではない。そこには身の軽さがあるから。母の介護のために家族で帰省するというフットワークの軽さも彼の身の軽さの一つだった。虚子は出版業にはまったくの素人である。いうまでもなく下宿業にも素人だった。思いつきや軽さはいわば素人の特権だったと言ってよいだろう。そういえば退学したのも軽い思いつきに端を発していたのかも。この後、俳書堂という出版社を起こしたのも、俳句を止めて小説に専念したのも、ついで小説から俳句へ転じたのも軽い思いつきだったかも。ホトトギスの発行所を丸ビルに移したこと、周辺の女性たちに俳句を勧めたこと、フランスへ旅したことなども軽い思いつきから始まったのではないか。

「ホトトギス」という雑誌の名

「ホトトギス」第二巻第一号はともかく出た。その発行にかかわる作業は虚子の神田の家の二階で行った。その二階には十五畳の広間があって、中央に何かを置いたらしい跡があった。そこだけ畳の色が変色せず青いままだった。この座敷に虚子は「小さいテーブルと一脚の椅子を置いて」陣取り、東京版の「ホトトギス」を出したのだった。虚子の自伝的な小説「柿二つ」によると、その座敷の青い跡は賭博の台を置いた跡だった。そんな場所が発行所であることを子規は面白がったという。

「ホトトギス」第２巻第１号表紙

出版に素人の虚子が「ホトトギス」を出すことは一種の賭博だったかもしれない。そういう事情が、子規や虚子の思いのなかにあったと思われるが、第二巻第一号の発行の経緯を『柿二つ』（講談社文芸文庫）によってもうすこし見ておこう。

現在、松山版は「ほととぎす」とひらがな、東京版は「ホトトギス」とカタカナで表記するのが慣行になっているが、実は同じ題字がそのまま使われている

（写真参照）。「ホトトギス」というカタカナが登場するのは、第三巻第一号の本文冒頭のカットが最初かと思われる。第四巻第一号には巻頭に「ホトトギス」の題字があり、子規の巻頭のエッセー「ホトトギス第四巻第一号のはじめに」が出ている。つまり、次第に「ホトトギス」というカタカナの表記が増えてゆくのだ。

実は、虚子は文字だけでなく、題名そのものを変えたかったらしい。いろんな題名を考えて子規に示したが、子規は賛成しなかった。

「どうせどれもいい名前でないのならば矢張り今迄に耳に慣れているHにしょうじゃないか。」

Kは其《それ》を拒むことが出来なかった。

この小説では「彼」は子規、「K」は虚子、「H」は「ホトトギス」である。この雑誌の題名は子規にちなんで極堂がつけたものだった。それだけに、虚子が雑誌名を一新したいと考えたのは自然であろう。それに、当時のほとゝぎす（子規、時鳥）は肺結核をさすことがあった。それにかかわる傑作（？）なエピソードを極堂が書き留めている（『友人子規』）。

ある日、極堂の家（「ほとゝぎす」の発行所）へ近所の婆さんがやってきて、「何んとか病の薬に黒焼にするのだからほとゝぎすを少々分けてくれ」と言った。「私方のは薬にはなりません、俳句ですから」と答えると、「肺病に利くことは承知している」と応じる。いや、肺病でなく俳句です、俳句の本なのです、と断っても婆さんは納得しない。「効能書ですか」と言って分けてくれと頼む。極堂は弱ってしまって、「ほと、ぎす」を一冊投げ出して、これです、と示した。婆さんはやっと合点したらしく、「ハハアわかりましたと苦笑して出て行つた」。落語のような話だから、落語好きだった子規が喜びそうだが、ことほどさように肺病とほととぎすは近かったのである。

「ほと、ぎす」は夏を告げる鳥として伝統的には風雅な鳥だったが、明治時代には肺病（肺結核）を連想させる不吉な名前にもなっていた。正岡子規は明治二十二年に喀血したとき、自分に取りついた「ほととぎす＝肺病」を自覚し、子規という雅号をつけた。不吉な病気（当時、肺病は不治の病と思われていた）を敢《あえ》て引き受ける覚悟、それを子規は雅号に示したのだろう。

2 「ホトトギス」の新生面

写生文

「編輯上の事は概《おおむ》ね彼の意見を土台にした。唯《ただ》営業に関することだけはKの考を中心にした」（『柿二つ』）と虚子は書いているが、子規が亡くなるまで「ホトトギス」はこの印象が強い。要するに子規を中心にした文学雑誌であった。

東京版の第一号、すなわち「ホトトギス」第二巻第一号には子規の評論「古池の弁」がまずあり、続いてやはり子規が筆記した「蕪村句集講義」（松山版から継続の蕪村句輪講の記録）があり、また子規の写生文「小園の記」もある。付録として子規の「俳句分類（乙号）」も載っており、子規が縦横無

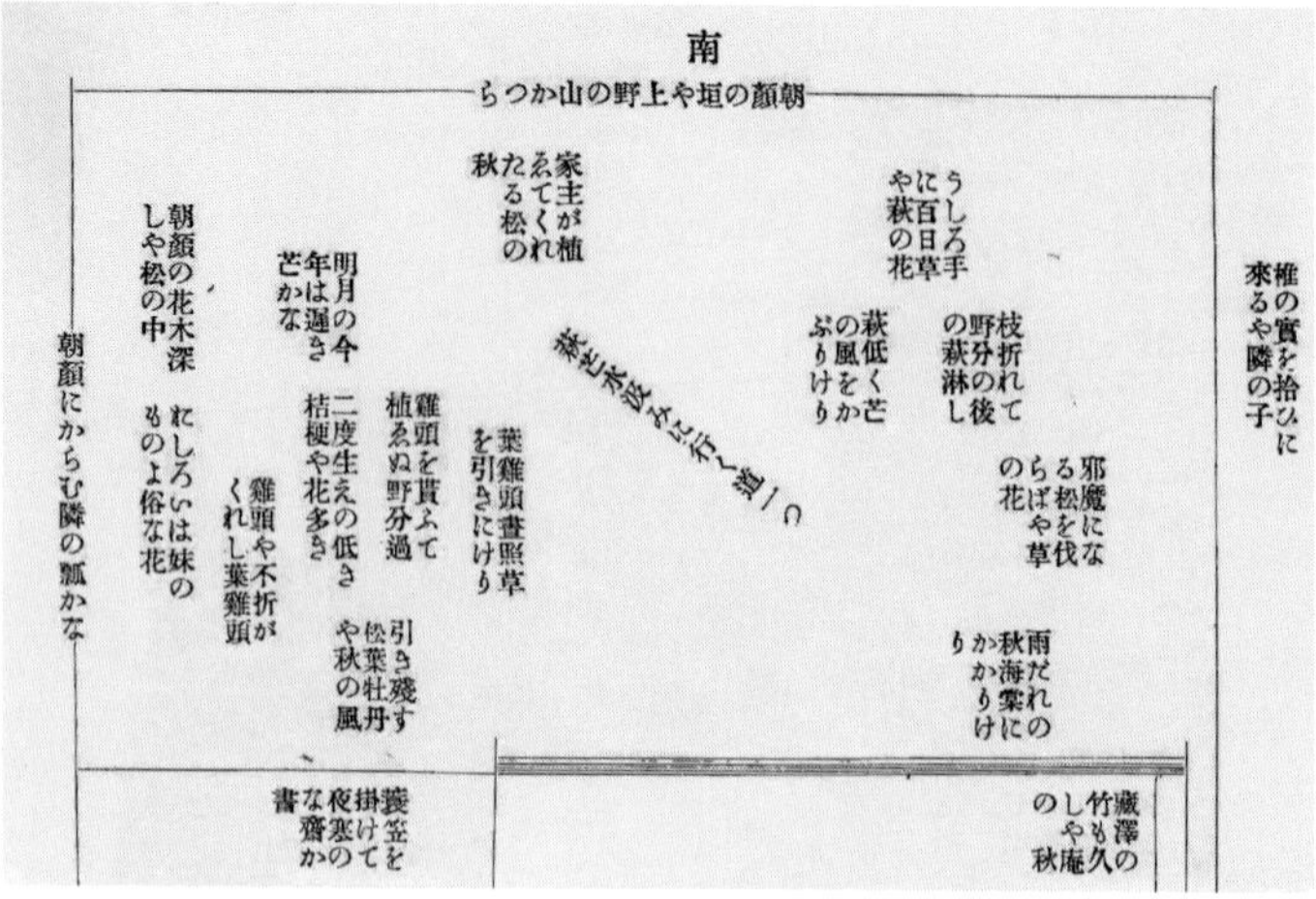

小園の図

尽というか大活躍している。その子規に比べると経営者の虚子の影は薄い。

ちなみに、東京版「ホトトギス」の子規在世時の特色は、いわゆる写生文が集中的に載ったこと、東京・地方俳句界の報告記事が充実したことである。前者はこの雑誌が文壇に開いた「一生面」といってよく、後者は子規を中心にした俳句が句会を通して全国に広がる気運を高めた。

まず前者だが、虚子は『新編　虚子自伝』で述べている。

写生文というのは「ホトトギス」二巻一号の「浅草寺のくさ〴〵」を書いた時分からいいだされた言葉でありまして、私が手帖と鉛筆を持って浅草寺の光景を写生に行って書いた、それから写生文という一つの形式の文章が成り立ったように記憶しているのであります。

右の趣旨のことを虚子は繰り返し述べており（たとえば『俳句の五十年』では「浅草寺のくさ〲」が写生文の濫觴だと述べている）、写生文が「ホトトギス」の特色であり、写生文の嚆矢が自分の「浅草寺のくさ〲」だと彼は思っていた。実際に手帖と鉛筆を持って行って写生したという意味では虚子の言う通りであろうが、「ホトトギス」を見ると、子規の「小園の記」の方が明確に写生的という感じがする。庭を図にして「小園の図」（右頁参照）を添えたところにも写生的な意識が明確だ。それに比べると、「浅草寺のくさ〲」は実際に歩いて見聞したことをごちゃごちゃと書きつけたという印象である。浅草寺の境内を歩き、御籤《みくじ》を引いたら半吉と出たので、さらに引くと吉が出た、もう一度挑むと凶になったなどというくだりは面白いが、でもそれは必ずしも写生的な面白さではない。

ところで写生文とはどんなものか。『日本国語大辞典』は「絵画の写生の手法を文章に取り入れて、自然、人事などを、見た通り、感じた通りに描写しようとする文章。明治中期、正岡子規らが主張して盛んになった」と写生文を解説しているが、とっても妥当ではないだろうか。「正岡子規ら」の「ら」の一人が虚子であった。ちなみに、子規はやがて写生文の募集を開始し、「ホトトギス」を場にして写生文を広めた。子規の死後、夏目漱石が「ホトトギス」の写生文的な「吾輩は猫である」を書き、それが「ホトトギス」誌上に連載された。すると、虚子、伊藤左千夫、長塚節などが小説を書くようになり、「ホトトギス」は小説雑誌の様相を帯びる。

ちょっと先走った感じだが、写生文のことは後の虚子の小説などを考える章で再び触れたい。

東京・地方俳句界

もう一つの東京・地方俳句界の報告記事は、各地の句会の報告を句会に出た作品を添えて報告したもの。号を追って句会の数が増えてゆく。この記事、従来はさほどに注目されていないのだが、雑誌という近代のメディアが俳句を楽しむ人々の一種の情報センターとして機能したことを示しているのではないだろうか。この欄を通して、当時の俳句界の動向が誰にも分かるし、雑誌としてはこの欄を通して読者を増やしたと思われる。一例として東京版第二号の「ホトトギス」（明治三十一年〔一八九八〕十一月発行）から大阪満月会の記事を挙げておこう。

●大阪満月会　　別天楼

十月二十三日、住吉公園松の家に於て開会す。会するもの九名、秋季数題を課して運座を行ふこと一回。

家三戸江に紅の蓼《たで》深し　　青々
門風呂に尾花なんぞ焚く山家かな　　白虹
小夜砧思ひあまりて乱れけり　　孤村
葬礼の門行くなり秋の暮　　鹿水
藪越に鳴子引けり粟畑　　可辛
落武者の石に息つく尾花かな　　井蛙
小萩原馬乗り捨てゝ妹が門　　由挙

鶺鴒《せきれい》や蛇籠崩れて水もなし　　　別天楼

報告者の野田別天楼《べってんろう》は明治三十年から子規の指導を受けていた大阪の俳人である。満月会は明治二十九年に「京阪俳友満月会」として京都で始まった子規グループの句会だが、それが発展して大阪でも開かれるようになったのだ。この大阪満月会の記事の前には京都満月会の記事が載っている。

3　虚子、出版人になる

ところで、東京版「ホトトギス」は営業的に成り立ったのだろうか。『子規居士と余』には以下のように記されている。

俳書の出版

「ホトトギス」は予期以上の成功であった。当時の文壇はまだ幼稚であって文学雑誌というものも「早稲田文学」「帝国文学」「めさまし草」その他一、二あったばかりで競争者が少なかったのにも原因するであろうが、初版千五百部が瞬く間に売り切れて五百部再版したことはちょっと目ざましいことであった。第二号は千二百部を刷り第三号は千部を刷ったが、いずれも売切れて、第三号はあまり用心し過ぎて大分読者に行き渡らず種々の不平を聞いたほどであった。第四号以下は千二、三百から千四、五百に殖えて行ったように記憶する。

「予期以上の成功」だというが、これくらいの部数では出版で暮らしが立った、とは思えない。『俳句の五十年』によると、虚子には長女が、そして長男が生まれ、「私の家族に対する負担も重くなって」いた。生計とかかわって「ホトトギス」の経営は困難になってきた。「それで、その急場を救う為に、俳書の出版」を思いつく。子規の『俳諧大要』（明治三十二年〔一八九九〕一月）を皮切りに『俳人蕪村』（明治三十二年十二月）、『寒玉集』（明治三十三年十二月）などを出し、明治三十四年九月には「ホトトギス発行所」とは別に俳句関係の本を出す俳書堂を設立した。出版業で生計を立てようとしたのだ。

だが、俳書堂はうまくいかなった。「素人の悲しさで、それは思うように参りませんでした。どうも良い結果を得ませんでした。それで、遂にその出版の仕事だけを他の者に譲りました」（『俳句の五十年』）。明治三十八年（一九〇五）九月、俳書堂は籾山仁三郎に譲り、虚子は雑誌「ホトトギス」の発行人だけになる。

出版人だったころのエピソードを一つ、紹介しておこう。明治三十五年（一九〇二）三月発行の「ホトトギス」に「俳諧評判記」という記事がある。筆者は「同人数名」、子規を囲む数人が俳句仲間の批判などをしたもの。

俳諧師四分七厘
商売人五分三厘

○虚子は近頃妙なわからない句を取るが、それもよいとした所で、商売に身が入つて、句作の方は大方お留守だ。其《その》句を見給へ。句作が下手になつたと言はれても致方《いたしかた》がない。

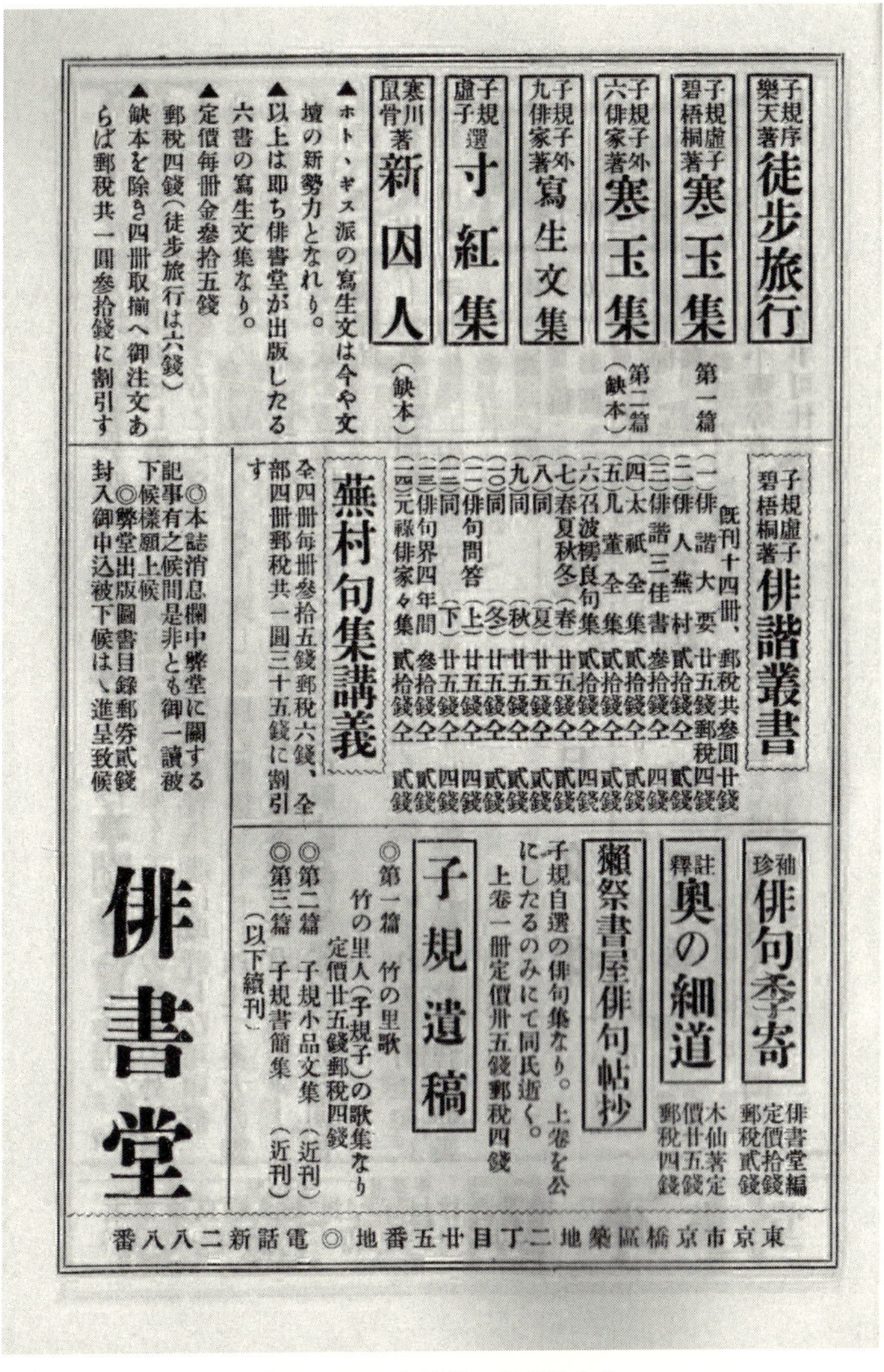

「ホトトギス」掲載の俳書堂広告

○露月《ろげつ》は医者四分俳諧師六分。格堂《かくどう》は法学生三分五厘俳諧師三分五厘歌よみ三分。虚子は俳諧師四分七厘商売人五分三厘。

一種のゴシップ記事だが、虚子はひどく傷ついたらしい。『俳句の五十年』では「大変私を不快にせしめた」と書いている。「俳諧評判記」が出て三カ月後の「ホトトギス」(明治三十五年六月発行)の「消息」欄には、虚子は「一方に盛んに商法をやつて、他方に盛んに俳句を作る、是亦《これま》た人生の快事と存候」と書かれている。筆者は河東碧梧桐だが、「俳諧評判記」に対する虚子の不快を慮った記事だろう。

では、虚子が俳書堂で出した本を示しておこう。俳書堂を籾山仁三郎に譲った月の「ホトトギス」(明治三十八年(一九〇五)九月発行号)に出ている広告だ(前頁写真)。

もう一つ、虚子が『俳句の五十年』に挙げているエピソードも引こう。「俳諧評判記」で不快感を味わった虚子は、中国の「重慶に乗り込んで行って」マッチ会社をやってみよう、と考えたこともあったらしい。日本の国策で重慶にマッチ会社を作るという話を聞いた時の虚子の反応だった。先に(六四頁)軽く思いつく虚子を話題にしたが、出版社とマッチ会社はほぼ同じようなものだったのだろう。余談だが、ボクはこのような軽い虚子が好きだ。

第四章　試みる虚子

1　写生文の運動

手帖と鉛筆を持って

虚子が経営者になった東京版「ホトトギス」の最初の目覚ましい活動は写生文であった。というのも、子規を中心にした俳句革新の運動は新聞「日本」を舞台にしてほぼめどがついていた。碧梧桐、虚子、漱石などの約四十名を新しい俳人として世間へ押し出した子規の評論「明治二十九年の俳句界」はその成果の表明であった。子規は新聞「日本」では俳句に続いて短歌の革新を試み、そして東京版「ホトトギス」ではまず写生文に取り組んだ。

さて、「ホトトギス」におけるその写生文だが、虚子の発言をまず引こう。

写生文というのは「ホトトギス」二巻一号の「浅草寺のくさぐ〵」を書いた時分からいいだされ

た言葉でありまして、私が手帖と鉛筆を持って浅草寺の光景を写生に行って書いた、それから写生文という一つの形式の文章が成り立ったように記憶しているのであります。（『虚子自伝』）

この回想文は先にも引いた（六八頁）が、虚子は手帖と鉛筆を持って写生に出かけた。多分その虚子を真似てだが、子規もまた人力車で郊外をめぐり、「ホトトギス」二巻二号に「車上所見」を書いている。その文中で、「一冊の手帳と一本の鉛筆」を持って郊外散歩を試み、写生的俳句を書きとめた思い出に触れているが、それは日清戦争下の明治二十八年（一八九五）の体験だった。子規は「わが俳境のいくばくか進歩せし如く思ひしは」その時だったと言っているが、彼の意識に沿うと、俳句で試みた写生を文章に応用する、それが写生文であったろう。

さて、「ホトトギス」の実際の写生文だが、「ホトトギス」第二巻には以下のようなものが載っている。

中山寺（虚子）	第二巻第三号
伊豆山紀行（碧梧桐）	第二巻四号
半日あるき（虚子）	第二巻第五号
一日（虚子）	第二巻第七号
高尾山（碧梧桐）	第二巻第八号

三尺の庭（虚子）　第二巻第十号
夏の夜の音（子規）
浴泉雑記（虚子）
闇汁の図・同図解（子規）　第三巻第二号
鮒釣（坂本四方太）
根岸草廬記事　第三巻第三号
其一　四方太
其二　松瀬青々
其三　子規
其四　碧梧桐
其五　虚子
挿絵　中村不折
ラムプの影（子規）　第三巻第四号
下宿屋（四方太）
百八の鐘（虚子）
木兎（青々）
成田詣（虚子）　第三巻第五号

樫の木かげ（四方太）　第三巻第六号
ふうちゃん（寒川鼠骨）
手ずま師（青々）
新囚人（鼠骨）　第三巻第七号
本願寺（碧梧桐）
小説・丸の内（虚子）　第三巻第八号（ホトトギス臨時増刊号）
小説・肴屋（碧梧桐）
巴里消息（浅井黙語）　第三巻第九号
車上の春光（子規）　第三巻第十号
蟻（四方太）
昔の旅行（内藤鳴雪）　第三号第十一号
ロハ台（碧梧桐）
猫の死骸（虚子）

鉛筆と手帖を持って書いた、という感じのものを挙げたが、情景を図にした「闇汁の図」はこのグループの、ことに子規の写生の意識を鮮明に示している。同じようなものに前に触れた「小園の記」があるのだが、図（絵）として対象が目に見えること、それが俳句、写生文における写生の基本だった（子規「叙事文」明治三十三年〔一九〇〇〕）と言ってよい。複数の作者が同じ対象を取り上げた「根岸草廬記事」はその写生文の果敢な試みであった。

臨時増刊号の第三巻第八号では碧梧桐と虚子が小説を発表しているが、何度も触れたように彼らの元々の希望は小説を書くことだった。ところが、俳句に傾斜して子規にひかれていつのまにか子規グループの代表的俳人になっていた。彼らにしたらその位置から脱出することが自らの文学を開くことだったのではないか。その脱出の試みが「小説」とわざわざ表題に冠した「丸の内」と「肴屋」だったのではないだろうか。ちなみに、虚子の「猫の死骸」も小説と見ていいだろう。本を借りに行った家で、便所に行った「余」は新聞紙に包んだ荷物につまずく。その包みは猫の死体だった。便所のかえりがけに蚊帳の中を見ると、「色の青白い細つこい腕が二本布団の上に組み合はされて、同じく青白い女の顔は枕を外すやうに仰向いて空目で余の方を見つめて居た」。「余」は全身に冷や汗をかく。その家の主人と連れ立って「余」は帰路に就くが、主人は大川の橋の上から、猫の死骸の新聞包みを「ざんぶと川にほうりこんだ」。ホラーというか怪奇な読み物だが、これはかなり出来のよい作品になっていると思われる。

日記事と週間日記

浅井黙語、すなわち浅井忠は子規が敬愛していた洋画家だが、彼のこの「巴里消息」に続いて中村不折、夏目漱石などのヨーロッパ通信ともいうべき記事が載る。子規の親しい人たちが渡欧し、病床の子規をなぐさめるために西欧事情を伝えたのだ。とりわけ、子規宛の手紙でありながら、「ホトトギス」の募集する日記体で書かれた漱石の「倫敦《ロンドン》消息」（第四巻第八、九号）は注目に値する。やがて「ホトトギス」に登場する「吾輩は猫である」の文体が垣間見えるからだ。

若し此家を引越すとすると此四足の靴をどうして持て行かうかと思ひ出した。一足は穿く、二足は革鞄につまるだらう、併し余る一足は手にさげる訳には行かんな、裸で馬車の中へ投り込むか、然し引越す前には一足は慥《たし》かに破れるだらう。靴はどうでもいいが大事の書物が随分厄介だ。……

些事に延々とこだわったこの饒舌とユーモアは「吾輩は猫である」の文体の特色である。ところで、手帖と鉛筆を持って出かける写生文とは別に、「ホトトギス」誌上では短文の募集が行われていた。その最初の募集の記事が第二巻第二号に出ている。

山　といふ者につきての観念、連想
　　といふ者につきての形容、記事
右御投寄ありたし（十一月二十三日迄に）選択の上次号へ掲げん

山に続いて、夢、燈、恋、蝶、赤、酒、旅、庭、墓……という一字の題で文章を募集した。子規がもっぱら選択にあたり、添削もしたが、子規たちが思っていたような文章はなかなか集まらなかった。

第三巻第十号の「稟告」（読者へ通知する記事）では、集まる文章が模倣であり陳腐であると言い、次回から「趣味ある事実の写生を募る」として、「日記募集」を通知した。

日記募集

日記　九月十日より九月十六日迄七日間

右九月二十五日締切

注意

一、各日多少の記事あるべき事。

一、記事は、気象、公事、私事、見聞事項、又はそれに関する連想議論等凡て其日に起りたるものに限る事。

一、事実ならぬ事を事実の如く記すべからざる事。

一、文体は随意の事。

一、詩歌俳句等を用うるも妨げざる事。

右の「週間日記」は、次号（第三巻第十二号）で募集が告げられた「一日記事」（注意事項は日記と同じ）とともに「ホトトギス」の写生文の基本となる。

右の日記や一日記事は、規定に従うととっても書きやすい。そこで、「ホトトギス」の読者だった教員、商工業者、農民、学生などが日々の暮らしを多彩に記録した。短文の試みはうまくいかなかったが、日記と一日記事は成功したと言えるだろう。民俗学者の柳田国男は、「文章と生活との結合」（「国語の管理者」昭和二年〔一九二七〕）として高く評価したが、たしかに「ホトトギス」のその写生文によって、ごく普通の人がごく普通の暮らしを書くと、それが他者の鑑賞に堪えることが実証された。写生文は一人一人の日常（暮らし）のかけがえのなさを示しもしたのだ。

2　子規の死

碧梧桐との対立

明治三十五年（一九〇二）九月十九日、子規が他界した。子規にあこがれ、そして子規に引っ張られるように虚子は青春の日々を過ごしてきた。その子規から離れて自立したいという思いは、子規の後継者になることを拒んだ行動などにすでに兆していたし、子規もまた、虚子や碧梧桐がそれぞれの道を行くようになることを予想していた。明治三十五年四月発行の「ホトトギス」に掲載された談話筆記「子規子談片」（筆記者は碧梧桐）で子規は述べている。

先日も虚子と俳句論をやつたが、人は年を取つて来る程、其感ずる趣味が違つて、従つて句を見る標準が益《ますます》隔つて来ると見える。虚子は追々我々の趣味が一致して来るものゝやうに信じて居るらしいが、実際はそれと反対に、日一日趣味の相違を来《きた》して居るらしい。君（碧梧桐のこと――坪内注記）と話して見ても、どうも趣味が一致しない。若《も》しかういふ風に趣味が違つて、互に相容れぬ事となると、其末《その》はどうなるであらうか、予は前といひ、虚子は後といひ、君は右といふといふやうに相違して来るとお互ひに是は僕の趣味ぢやといふやうに派を立てなければ納まらん事になりはすまいか、派を立てゝ己が根拠地を作る、といふやうになるのが憂ふべき現象であるか、又た却《かえ》つて面白い結果を来《き》たす事になるか、それはわからんけれども、まア今のやうな傾向では、追々会をやつても虚子趣味の者は其陣中に集り、碧梧桐趣味の者も其党を作るといふやうに、ちやアんと色分けでも出来さうに思はれる。まア今少ししたらどうか決着がつくだらう。

虚子と碧梧桐の対立は、子規が他界した翌年、さっそく表面化した。「ホトトギス」第六巻第十三号（明治三十六年九月）に碧梧桐の「温泉百句」が載ったが、その次の号に「現今の俳句界」を書いた虚子は、その冒頭で、「今の俳壇は殆ど碧梧桐によつて代表されてゐるといつてよい。現今の俳句界を観察するには殆ど碧梧桐一人の句を観察したゞけで沢山なやうな気がする」と言い、碧梧桐の「温泉百句」などを批評の対象にした。その一部を紹介しよう。虚子は、

温泉《ゆ》の宿に馬の子飼へり蝿の声　　碧梧桐

を取り上げ、「馬の子」と「蠅の声」は調和が悪い、どちらか一方を生かして、たとえば、

温泉の宿に馬の子飼へり合歓の花
温泉の宿や厩《うまや》もありて蠅多し

とでもしたらどうだろう。前句は「馬の子」を、後句は「蠅の多い温泉街の光景」を生かした例。ところが、材料の新しさ、気の利いた句法を好む碧梧桐はこんな例句では満足しないだろう。

以上のように述べた虚子は、「碧梧桐の句にも乏しいやうに思はれて渇望に堪へない句は、単純なる事棒の如き句、重々しき事石の如き句、無味なる事水の如き句、ボーッとした句、ヌーッとした句、ふぬけた句、まぬけた句」と書いている。例句を挙げていないので抽象的だが、これからの虚子の目指す俳句が羅列されている、と見ていいのだろう。余談に及ぶが、「単純なる事棒の如き句」としては後の虚子の「去年今年貫く棒の如きもの」（昭和二十五年〔一九五〇〕）を連想するし、「ふぬけた句」は「川を見るバナナの皮は手より落ち」（昭和九年〔一九三四〕）かもしれない。ともあれ、一句としての調和やまとまりを重んじる虚子に対して、碧梧桐は調和やまとまりを踏みしだいて行く。そんな対立の構図を虚子は示したのだった。

連句と俳体詩

子規の死後、虚子が新たに始めたことがいくつかある。

その一つは連句の再評価。俳諧とはもともと「俳諧の連歌」であり、五七五と七七

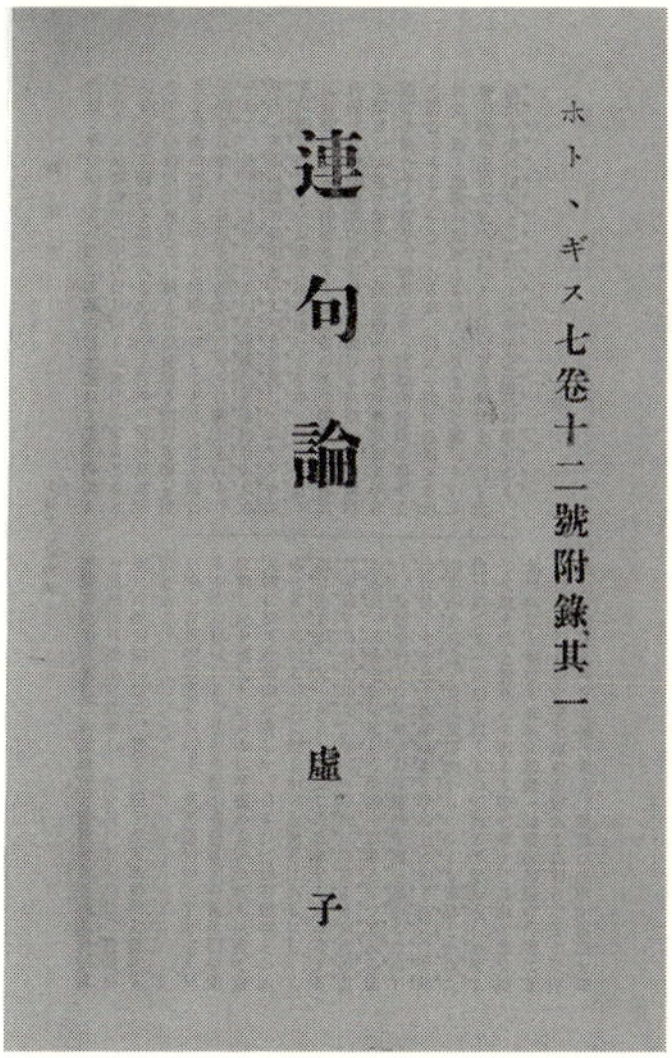
ホトヽギス七巻十二號附錄其一

連句論

虚子

「連句論」

「ホトトギス」第７巻12号表紙

の句を付け合う文芸だった。ところが、子規がこの連句を文学に非ずとして否定、以来、五七五の俳句の時代が始まったのだが、虚子は連句を新たに見直そうとし、明治三十七年（一九〇四）九月の「ホトトギス」（第七巻第十二号）に「連句論」発表した。この「連句論」は「ホトトギス七巻十二号付録其一」として本文四十一頁の長編評論だった。ちなみに付録其二は「芭蕉翁付合集　蕪村選」である。

「連句論」で虚子は、連句そのものの再評価を論じているのだが、彼が新しく提案したのは連句の中二句を独立させることだった。

> 嘗て連句の発句だけが独立して俳句となつたやうに連句の「中二句」を独立さして一詩体とする事である。

虚子は右のように述べて翌月の「ホトトギス」にその実例を掲載している。

いつの間に消えて囲炉裏の燻《いぶ》るらん
畑帰りの夫《つま》に燗《かん》する

虚子は右のような二句だけの連句を提案した。それぞれの句は独立しながら二句でさらに一つの世界を表現している、と虚子は見た。その通りかもしれないが、本来の連句は打越《うちこし》（二つ前の句）からどのように離れて展開するかにつけ合いの醍醐味があった。つまり、不断に変化することが連句の核心とも言うべきことだった。ところが、虚子の提案する二句だけの付け合いではその変化が乏しい。いや、変化が排除され、単に短歌を二人で詠むという感じになってしまうのではないか。虚子は仲間とこの中二句の連句を試みたが、結局、普及はしなかった。

「連句論」の末尾で虚子は「連句を基礎として、其文字の緊縮を利して、新体詩界に一新詩体を創《はじ》むるもよい」と述べていたが、「連句論」に続いて次号の「ホトトギス」（第八巻第一号）に「俳体詩論」を発表した。連句において意味的に「三句以上連続のものは之を俳体詩と呼ぶ」というのがその主張であった。本来の連句では三句以上も意味的につながるのは下手な、つまり変化に乏しい付け合いである。虚子はそんな付け合いを逆に新しい詩体として打ち出したのだ。この俳体詩には漱石が関心を示し、虚子と漱石の長い俳体詩「尼」などが作られた。

一

女郎花女は尼になりにけり　虚子
弦の切れたる琴に音も無く　漱石
天蓋につゞれ錦の帯裁ちて　子
歌に読みたる砧もぞ打つ　石

二

白露に悟道を問へば朝な夕な　石
兀々として愚なれとよ　ゝ
板敷に常香盤の鈴落ちて　子
暫く響く庵の秋風　ゝ

この調子で八まで続いているが末尾に「未完」とある。尼の物語を描いているが、本来の連句から見たら、たとえば「歌に読みたる砧もぞ打つ」は打越の句に近い。打越の「琴と音」はこの句の「砧とそれを打つ音」との関係が観音開きになっている。観音開きになる付け合いは連句ではもっとも避けるべきものだ。もちろん、ここでの観音開きは意味のつながりを示しており、俳体詩ではそれこそが効果的ということになる。俳体詩「尼」はその続きが次号に載り全二十四連からなる長編俳体詩となった。

虚子はさらにもう一つ、新しいことを試みている。「片々文学《ぺーぺー》」の試作だ。川端康成の掌編小説、星新一のショート・ショートに通じるいわゆる超短編小説である。この「片々文学」は「ホトトギス」第八巻第一号に三篇、その次号に三篇が載った。ただこれらの作品は失敗というか、特には見るべきものがないのではないか。

実は、連句、俳体詩にも見るべき成果はないだろう。虚子は果敢に試み、そして失敗しているが、書くというか作るというか、言葉による表現に多角的に挑んでいる。彼は俳句をそっちのけで以上のようなことを試みている。当時を回想して虚子は言う。

この頃われら仲間の文章熱は非常に盛んであった。殆ど毎月のように集会して文章会を開いていた。それは子規居士生前からあった会で、「文章には山がなくては駄目だ」という子規居士の主張に基いて、われらはその文章会を山会と呼んでいた。その山会に出席するものは四方太、鼠骨、碧梧桐、私などが主なものであった。

(『回想 子規・漱石』岩波文庫)

山会の主なメンバーは写生文の主要な書き手たちだが、ある時、虚子は漱石をその山会に誘う。その誘いが虚子にも「ホトトギス」にもとっても大きな転機を呼び寄せるが、そのことは次章で見よう。

第五章　編集者・虚子

1　「ホトトギス」第八巻第四号

片々文学

今、一冊の雑誌を開いている。「ホトトギス」の第八巻第四号。「片々文学」がどうなっているか、それを知りたくてこの「ホトトギス」を手にしたのだが、第八巻第三号には出ていなく、この第八巻第四号にも出ていない。出ていたのはなんと「非片々文学」。虚子はもう「片々文学」から撤退したのか。虚子は「非片々文学」として「影法師」「茶漬」の二篇を載せているが、その一つの「影法師」は約二〇〇〇字の写生文である。

……

疏水の屋根舟が三井寺の下を離れると程なく逢坂山のトンネルに這入る。俄に水音が耳につく。

船頭が唄を謡ひ出す。葬礼の響を遠方から聞くやうな引立たぬ調子である。陰気で〳〵堪へられなくなつて来る。船の低い天井が益《ますます》低くなつて来る。墓石の重みをだん〳〵屍体に感じて来るといふ事を思ひ出す。

冒頭とそれに続く部分を引いたが、要するに京都の疏水のトンネルをくぐる話である。「墓石の重みをだん〳〵屍体に感じて来る」という表現が示しているようにトンネルの壁に映る影、壁に反響する音などを幽明界のこととして描写している。その描写はなかなか巧みだと思うが、それにしても「片々文学」はどこへ行ったのだろう。前章で「片々文学」は失敗したのではないか、と書いたが、早々と「非片々文学」へ転じてしまったのか。

ちなみに、片々とはぺえぺえ、『日本国語大辞典』はそれを「地位の低い者や技量の劣っている者をあざけっていう語。また、自分を卑下していう語。ぺえぺえ」と解説している。虚子はもしかしたら、片々という位置、つまり意識や暮らしの最も底いところで文学をとらえようとしていたのではないか。この底辺意識とでもいうべきものが、これから後の虚子の表現（俳句や文章）の基底になっていくのではないか。と言うような思いがボクにはあって、それでなんとなくしつこく「片々文学」にこだわっているのだ。

虚子は「ホトトギス」のこの号に「屠蘇に酔ふて」という文章も載せている。屠蘇に酔っぱらって、その酔っぱらいの口調で「ホトトギス」が第八巻を迎えた抱負を述べたもの。酔っぱらいがくだを巻く感じで抱負を述べているが、それはまさに「片々文学」の姿勢そのものではないだろうか。写生文に言及したくだりを見ておこう。

写生文かね。これも初めの間は俳諧雑誌にそんなものは無用ぢやといふやうな説も見えたが、今では無かるべからざるものと相場が極つたやうだね。……写生文が出来だしたら小説は其うち出来る。写生文を結びつけたやつが小説さ。本当の小説さ。

虚子は触れていないが、実はこの号の「ホトトギス」には写生文を先へ進めた、虚子の言い方にならうと「写生文を結びつけた」小説が載っていた。その小説を話題にしたいのだが、その前にちょっと気になることがもう一つある。

「屠蘇に酔ふて」は子規の文章「ホトトギス第四巻第一号のはじめに」を連想させるのだ。明治三十三年（一九〇〇）十月発行の「ホトトギス」第四巻第一号にある文章だ。子規は、学校にたとえると「ホトトギスは不羈独立、やりたい放題の私塾のやうなもの」と言い、その「ホトトギス」が力を注いできたのは「事物が読者の眼前に躍如として現れ」る写実的の文章だ、と述べている。子規は写生という語はあまり使わず、写実という語を用いることが多かった。虚子において写実は写生に変わったと言ってよいのではないか。それはともかく、子規は「ホトトギス第四巻第一号のはじめに」を格調高く書いている。その結びを引いてみよう。

我々の希望は都会の腐敗した空気を一掃して、田舎の新鮮なる空気を入れたいのである。東京言葉と衣服の流行が分らない者は小説家の資格が無いだの、恋でなければ文学で無いだの、花は菫、虫は蝶、此外には詩美を持つて居る花も虫も無いだの、といふやうな、狭い、幼稚な、不健全な思想を破つてしまひたい。流行は美で無い、喝采は永久で無い。我々は都会人士に媚びて新聞雑誌の上で賞められたく無い。我々は斃れて後に已むの決心を以て進むばかりである。併しながら永く都会に住んで居ると自然と腐敗して来る事は世の中に実例が多い。万一我々が都会の腐敗を一掃する前に軟化して勇気が挫けたといふやうな事があつたら其時《そのとき》には第二の田舎者が出て来て必ず我々の志を継いでくれるであらうといふ事を信ずる。其第二の田舎者といふ奴は今頃何処かの山奥で高い木の上に上《のぼ》つて椎の実をゆすぶり落して居るかも知れない。

精神がピンと張りつめた爽快な主張だが、虚子は「木の上に上つて椎の実をゆすぶり落して居る」少年ではない。木登りが出来ず、落下した椎の実を拾っている少年に近いのではないだろうか。それが「片々文学」を思いつき、「屠蘇に酔ふて」を書いた虚子だ。「屠蘇に酔ふて」では、子規にも言及し、「子規居士は子規居士さ。……僕は僕さ」と言い放っている。そして、こういう自分を子規居士は「生意気な虚子めと叱りはすまい。叱るものか。宜しい、しつかりやれと来る、きつと来るね」と言っている。写生文、連句、俳体詩、片々文学などを試みながら、子規とは違った自分の世界を虚子は開こうとしている。このころの虚子は子規とは違った意味でとっても意欲的だ。

俳諧スボタ経

ちょっと先になるが、この年の九月発行の「ホトトギス」（第八巻第十三号）に虚子は「俳諧スボタ経」を書いている。俳句は文学、月並は非文学、文学的の俳句を作れ、平凡や陳腐はいけない、斬新な奇抜な句を作れというのが従来の子規を中心にしたグループの俳句的目標だった。でもそんな句を作ることが出来るのは千人の内の一人くらいのもの、あとの九百九十九人はどうなるか。俳諧仏（虚子が自分を仮託した仏）はそれらに応えて言う。「下手でも陳腐でも、俳句は一ぢゃ」「俳句は大文学でもよい。小文学でもよい」「天才ある一人も来《きた》れ、天才無き九百九十九人も来れ」と。

天才も大事だが、天才のない多くの人たちも俳句にとっては大事、その大事なことに上下はない、という主張である。「俳諧スボタ経」ではその天才のない俳人の例を次のように具体的に示している。

この間も田舎の小学校の先生が来ての話にね、何でも其《その》先生は毎朝二里の道を歩いて学校に行き午後は同じ二里の道を歩いて学校から帰る、其二里の道といふが単調な一筋道で一度歩いても飽く道を毎日二度づゝ年が年中歩くのであるから厭やで〳〵たまらなかつた。ところがふとした縁で俳句を学びはじめた。道ばたの雑草の中に今迄気のつかなかつた白い小さな花が俄に金剛石のやうな光を放つ。目なれて居つた蜻蛉の眼玉が団十郎の眼玉よりも面白く見えてくる。残暑の汗も苦にならぬ。小川の目高も面白い。朝霧の中の藁屋、夕焼の雲の切目《きれめ》、触接するもの悉《ことごと》く詩の天地で、其が毎日見る度に変り、見る度に身に入《し》む。もう二里の野路が昔の二里の野路ではない。厭やで

〱たまらなかつたものが面白くて〱たまらぬやうになる、俳句は我為めの善知識で我生涯の趣味は此《この》一路に繋がる事になつた、と随喜の涙を流しての話しであつた。

この「天才無き九百九十九人」の位置、それがこの時期に虚子が立とうとしていた位置、別の言い方をしたら当時の虚子の文学的根拠だったのではないか。もっとも、やや危惧をおぼえないではない。この小学校教師の例だと、俳句が人生論や宗教論に近づき、俳句本来の言葉の表現という面が二の次になりはしないか。虚子はやがて「ホトトギス」を核にした巨大な結社を作り、俳句を高浜家の家業にするが、そういうことになってゆく予兆をボクはこの教師の話に感じる。

2 夏目漱石の活躍

「吾輩は猫である」の登場

この章のボクはかなり批評家的である。評伝を書きながら、自分の考えを虚子にぶっつけているのだが、実は、意識的に虚子にからんでいる。正岡子規の研究者だったボクは、その研究の過程で子規の門下の一人、という気分になっていた。つまり、虚子とは同門、という気分。同門の一人として虚子と張り合うことが、当の虚子像を鮮明にするのではないか。ボクはそのように考え、同門の意識を隠さないことにした。それがボクが批評家的になっている理由である。ボクという一人称を用いるのも虚子をキミと対等に呼びたいから。

さて、「ホトトギス」第八巻第四号である。この号は画期的というか、もっとも刺激的な号である。巻頭に十五頁にわたって「吾輩は猫である」が載っているのだ。もちろん、作者は漱石。それだけでなくこの号の付録として「子規遺篇　仰臥漫録」（本文五十二頁）が出ているのだ。言うまでもないが、「吾輩は猫である」も「仰臥漫録」も漱石、子規の残した代表作であり、近代の日本文学の傑作である。なんとも豪華というか、ぜいたくな一冊、それが「ホトトギス」第八巻第四号であった。

「吾輩は猫である」が出来るいきさつを虚子は以下のように書いている。

この頃（明治三十七年〔一九〇四〕ごろ――坪内）われら仲間の文章熱は非常に盛んであった。殆ど毎月のように集会して文章会を開いていた。それは子規居士生前からあった会で、「文章には山がなくて駄目だ。」という子規居士の主張に基いて、われらはその文章会を山会と呼んでいた。その山会に出席するものは四方太、鼠骨、碧梧桐、私などが主なものであった。従来芝居見物などに誘い出す度びに一向乗り気にならなかった漱石氏が、連句や俳体詩にはよほど油が乗っているらしかったので、私はある時文章も

夏目漱石

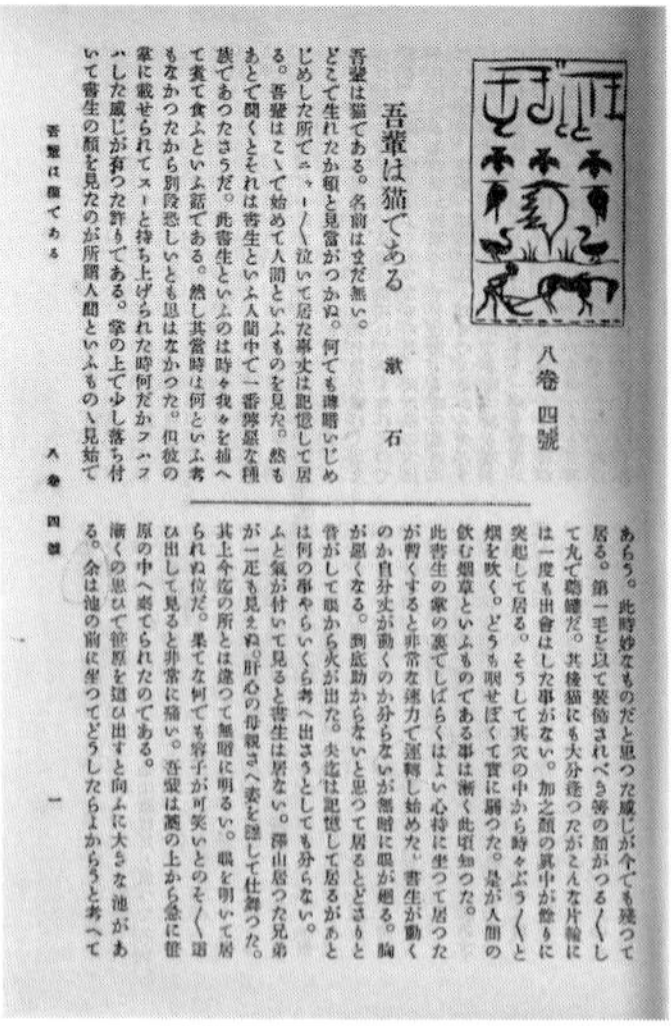

八巻　四號

吾輩は猫である

漱　石

吾輩は猫である。名前はまだ無い。

どこで生れたか頓と見當がつかぬ。何でも薄暗いじめじめした所でニャー〱泣いて居た事丈は記憶して居る。吾輩はこゝで始めて人間といふものを見た。然もあとで聞くとそれは書生といふ人間中で一番獰惡な種族であつたさうだ。此書生といふのは時々我々を捕へて煮て食ふといふ話である。然し其當時は何といふ考もなかつたから別段恐しいとも思はなかつた。但彼の掌に載せられてスーと持ち上げられた時何だかフハフハした感じが有つた許りである。掌の上で少し落ち付いて書生の顔を見たのが所謂人間といふものゝ見始であらう。此時妙なものだと思つた感じが今でも残つて居る。第一毛を以て裝飾されべき筈の顔がつる〱して丸で藥罐だ。其後猫にも大分逢つたがこんな片輪には一度も出會はした事がない。加之顔の眞中が餘りに突起して居る。そうして其穴の中から時々ぷう〱と烟を吹く。どうも咽せぽくて實に弱つた。是が人間の飲む烟草といふものである事は漸く此頃知つた。此書生の掌の裏でしばらくはよい心持に坐つて居つたが暫くすると非常な速力で運轉し始めた。書生が動くのか自分丈が動くのか分らないが無暗に眼が廻る。胸が惡くなる。到底助からないと思つて居るとどさりと音がして眼から火が出た。夫迄は記憶して居るがあとは何の事やらいくら考へ出さうとしても分らない。ふと氣が付いて見ると書生は居ない。澤山居つた兄弟が一疋も見えぬ。肝心の母親さへ姿を隠して仕舞つた。其上今迄の所とは違つて無暗に明るい。眼を明いて居られぬ位だ。果てな何でも容子が可笑いとのそ〱這ひ出して見ると非常に痛い。吾輩は藁の上から急に笹原の中へ棄てられたのである。

漸くの思ひで笹原を這ひ出すと向ふに大きな池がある。余は池の前に坐つてどうしたらよからうと考へて

吾輩は猫である　八巻　四號　一

「吾輩は猫である」

「ホトトギス」第8巻第4号表紙

作ってみてはどうかということを勧めてみた。遂に来る十二月の何日に根岸の子規旧廬で山会をやることになっているのだから、それまでに何か書いてみてはどうか、その行きがけにあなたの宅へ立寄るからということを約束した。

「漱石氏と私」（岩波文庫『回想　子規・漱石』）から引いた。この続きも見よう。

当日、出来て居るかどうかをあやぶみながら私は出掛けて見た。漱石氏は愉快そうな顔をして私を迎えて、一つ出来たからすぐここで読んで見てくれとのことであった。見ると数十枚の原稿紙に書かれた相当に長い物であったので私はまずその分量に驚かされた。それから氏の要求するままに私は

それを朗読した。氏はそれを傍《かたわ》らで聞きながら自分の作物に深い興味を見出すものの如くしばしば噴き出して笑ったりなどした。私は今まで山会で見た多くの文章とは全く趣きを異にしたものであったので少し見当がつき兼ねたけれども、とにかく面白かったので大《おおい》に推賞した。

山会で好評な文章は「ホトトギス」に掲載されたが、「吾輩は猫である」は右で虚子が言うように従来の「ホトトギス」の写生文とは大きく違っていた。猫が人間社会を観察するという奇想天外なフィクションは、鉛筆と手帖を持って対象を写生するレベルのものではない。しかも、そのフィクションは豊かな笑いに富む。虚子はさらに次のように回想している。

気のついた欠点は言ってくれろとのことであったので、私はところどころ贅文句《ぜいもんく》と思わるるものを指摘した。氏は大分不平らしかったけれども、未だ文章に就いて確かな自信がなく寧《むし》ろ私を以って作文の上には一日の長あるものとしておったので大概私の指摘したところは抹殺したり、書き改めたりした。中には原稿紙二枚ほどの分量を除いたところもあった。それは後といわず直ぐその場で直《な》おしたので大分時間がとれた。私がその原稿を携えて山会に出たのは大分定刻を過ぎていた。

以下も右の続きに虚子が書いていることだが、山会では「とにかく変わっている」という点において参加者が「賛辞を呈し」たという。この文章の題名はまだ決まっておらず、漱石は「猫伝」としようか、それとも書き出しの「吾輩は猫である」にしようかと迷っていたが、虚子が後者を推し、この破格の文章は「吾輩は猫である」と決まった。

「ホトトギス」第八巻第三号の巻末にある「次号予告」にはさっそく「吾輩は猫である」が出ている。

「吾輩は猫である。名前はまだ無い。」といふ冒頭より滔々十余頁に渉る一匹の猫の経歴談にして、寓意深遠、警句累出、我文壇始めて此種の好風刺文に接したりといふべし。

こうして「吾輩は猫である」が「ホトトギス」第八巻第四号に登場した。「風刺文」という言い方が適切かどうかはともかく、「吾輩は猫である」が「ホトトギス」の写生文の試みの中で登場したことは確か。換言すれば「ホトトギス」の発行者、編集者の虚子がその登場を促したのだった。

小説雑誌「ホトトギス」

「吾輩は猫である」は一回で終わらず、読者の人気に応えるかたちで「ホトトギス」次号以下に書き継がれる。そして翌年の第九巻第十一号に載った十一回で完結した。その間の第九巻第七号には「吾輩は猫である」の十回目と「坊っちゃん」が一挙に載っている。漱石の人気が高く、「ホトトギス」はよく売れたらしい。虚子は『俳句の五十年』（中公文庫）で「吾輩は猫である」の連載によって「ホトトギス」も「ぐんぐんと毎号部数が増して行くというような勢いでありました」と述べている。「漱石氏と私」には「吾輩は猫である」を「ホトトギス」に連載中の漱石の虚子にあてた手紙が紹介されているが、「坊つちゃん」の載った号は五千五百部を刷ったらしい（すべては売れなかったらしく、明治三十九年七月三日の手紙では、「坊つちゃん」の広告が「ホトトギス」に毎号出ていることに言及、「怖れ入りました」と言い、しかも値引きになったことを「いよいよ恐れ入ました」とふざけている）。

以上のような漱石に刺激されて虚子も小説を発表した。明治三十八年（一九〇五）四月発行の「ホトトギス」（この号は第百号）に載った「ほねほり」がそれだが、この「ホトトギス」には次の六篇の作品が出ている。

吾輩は猫である（三）	夏目漱石
団栗	寺田寅彦
月給日	野村伝四
ほねほり	高浜虚子
げん〴〵花	河東碧梧桐
幻影の盾	夏目漱石

右のうちの「幻影の盾」は付録として巻末に載せられている。「ホトトギス」は小説雑誌、あるいは文章雑誌のおもむきになってきており、俳句欄は東京・地方の俳句界記事、募集句欄数頁があるだ

け。俳句は片隅になっている。
虚子の小説が続々と「ホトトギス」に載るようになるのは明治四十年（一九〇七）から。以下のように発表された。

欠び　明治四十年一月（第十巻第四号）
楽屋　三月（第十巻六号）
風流懺法　四月（第十巻七号）
斑鳩物語　五月（第十巻八号）
大内旅宿　七月（第十巻十号）
同窓会　八月（第十巻十一号）
雑魚網　九月（第十巻第十二号）

「雑魚網」の載った「ホトトギス」に虚子は「第十一巻第一号以後」を掲げて以下のように告げた。

ホト丶ギスは文学雑誌として起これり。当時我等同人の研鑽せる処のもの主として俳句なりしが故に俳句雑誌たり。其後写生文の新研究起こるに及びて半ば俳句雑誌たり、半ば写生文雑誌たり。今や写生文の研究更に歩を進めて小説に及ぶ。今後時に或は小説雑誌たるべし。是れ文学雑誌としてのホト、ギスの進歩也発達也。而して実に自然の経路也。

「第十一巻第一号以後」のこの後では、今までの俳句、写生文の募集と共に「第十一巻第一号以後小説を募集せん」と虚子は述べ、写生文を基本とし、写生文の展開としての小説を研究したい、と述べている。「ホトトギス」が小説の時代を迎えたのである。

国民文学欄

虚子は明治四十一年（一九〇八）十月に国民新聞社に入社した。国民新聞は徳富蘇峰を社主とする新聞だが、虚子は明治二十九年（一八九六）から同紙の俳句欄選者をしていた。虚子は同紙が新しく設置する国民文学部の主任に迎えられたのだった。虚子を強く勧誘したのは国民新聞社の幹部で虚子の俳句仲間でもあった吉野左衛門だった。次は同年九月二十五日の「国民文学欄」開設の予告記事の冒頭二項である。

▲十月一日の紙上より国民文学欄を設く。
▲此欄には常に当代大家の小説を載せ一代文運の指導者たり鼓吹者たらんとす。

この記事の以下では、文学欄には文芸界の彙報と評論を載せること、その彙報（報告や雑報）や評論は公平であること、社会と文芸の接触を図り、両者が互いに「相影響《あいえいきょう》する所以《ゆえん》と其《その》結果とを明《あきらか》にせんとす」と文芸欄の目的を示している。当時の国民新聞は社会面中心の新聞だったが、政治部、社会部と並んで文学部を新しく設置することで文化への窓口を開こうとしたらしい。その文学部の仕事が「国民文学欄」であり、その担当者が予告記事の末尾に出ているが、虚子、東春水、そして島田青峰であった。青峰は一時期「ホトトギス」の編集にかかわったが、やがて俳句雑誌「土上」を主宰して俳人として活躍する。その「土上」は虚子に対立した新興俳句の一拠点となった。

虚子は担当していた俳句欄の選者を松根東洋城に譲り、「国民文学欄」の仕事に集中する。虚子が在任中の「国民文学欄」に出た主要な作品は次のようなものだった。

新世帯　徳田秋声（明治四十一年〔一九〇八〕）
女同志　野上弥生子（明治四十一年）
続俳諧師　高浜虚子（明治四十二年）
ジョン・ガブリエル・ボルクマン　森林太郎訳（明治四十二年）
渦巻　上田敏（明治四十三年）
小鳥の巣　鈴木三重吉（明治四十三年）

虚子は以上のような「国民文学欄」開設のいきさつを『虚子自伝』の「国民文学欄」の章で回想しているが、そこから彼の仕事ぶりが伝わるくだりを引こう。

先ず小説一篇を載せるべく誰の小説にしたものかと考えた末、私は徳田秋声を選んだ。秋声はその頃、自然主義の作家として認められて居たようであったが、写生文という見地から云っても私は秋声を推した。一日私は本郷森川町に秋声を訪問した。座に小栗風葉が居た。その頃、風葉は秋声よりも遙かに文名が高かった。が、私は風葉を好まなかった。秋声に来意を通ずると秋声は快く承諾した。その小説は「新世帯」というのであった。これは秋声が細君をもらって新しく世帯をを持ったのにヒントを得た小説であったように思う。多少の小説的虚構はあったろうけれどもしかし写生文という見地から見て納得の出来るものであった。これは後に「朝日文芸欄」に出た「黴」「爛」などの前篇と見るべきものである。即ちこの「新世帯」に筆を起して「黴」「爛」と進んで行ったものであろう。

徳田秋声

『日本近代文学大事典』はその徳田秋声の項で以下のように「新世帯」に言及している。「やがて「国民新聞」（明41・10・16～12・6）に連載の『新世帯』（明42・9　新潮社）によってはじめて独自な自然主義への開眼が認められた。同紙文芸欄担当の高浜虚子の勧めによるものだったが、この作品の新しさは単に市井の庶民生活の客観的な写実それ自体にあったのではない。山の手の新開地に小さな酒屋の店を開く新吉とお作夫婦の味気ない人生の出発には、結婚当時の作者自身の暗い生活感情の投影がみられ、そこにすでに『黴』にはじまる私小説的な作風への方向も認められる」。

ところで、「新世帯」はすんなりと連載が始まったわけではない。秋声の小説は「三人暮らし」という題名が予告されていたのだが、十月一日の「国民文学欄」の開設に原稿が間に合わなかった。それで、虚子の「肌寒」という小説が十月一日から十四日まで連載された。秋声の小説は十月十六日から連載が開始されたが、題名は予告通りでなく「新世帯」になった。以上のようないきさつの裏方の働きを虚子はしたのだ。ちなみに、虚子の小説「肌寒」は小説集『凡人』（明治四十二年〔一九〇九〕）に収録され、改造社版『高浜虚子全集』第二巻にも載っている。四人の子がある中年の夫婦の齟齬を具体的な暮らしの場面を通して描いている。もしかしたら、秋声の「新世帯」の構想を聞いた虚子は、急遽この中年の夫婦の話を書いて当座の穴埋めをしたのかもしれない。

では、虚子の働きを示す記事をもう一つ『虚子自伝』から引こう。

　後になって森鷗外にも執筆を頼んだ。私は勿論創作を望んだのであったが、鷗外は多忙の為め翻訳物にしてくれと言った。私は毎日団子坂の邸を訪うて、軍医局長時代の鷗外が役所から帰って来て佩剣《はいけん》だけを解いて軍服のままで長火鉢の向うに座ったところを待ちうけて、原書を手にしながらすらすらと翻訳して行くその口述を筆記したのであった。かくの如きことが二タ月ばかり続いたように思う。

森鷗外訳「ジョン・ガブリエル・ボルクマン」は右のような虚子の働きによって実現した。
虚子は約二年の間「国民文学欄」を担当し、明治四十三年（一九一〇）の秋に国民新聞社を辞めた。虚子は先の自伝で辞めた理由を二つ挙げている。一つは自分の裁量で原稿を採用できる約束だったが、社長の意向をくまなければならなくなったこと。このことで「文学欄に対する情熱は薄らいで来た」と虚子は言っている。もう一つの理由は、朝日新聞社に入社した漱石が「国民文学欄」を「のっとったような形」で「朝日文芸欄」を開設したこと。「朝日文芸欄」は漱石の「虞美人草」、秋声の「黴」、長塚節の「土」などを載せたが、「のっとったような形」とひらがなで書いた虚子は、「乗っ取った」と「則った」をこの言い方に掛けている気がする。虚子の意地というか、漱石へのひそかな対抗心を感じる。

森鷗外

虚子は明治四十三年の秋に国民新聞を辞めた。『虚子自伝』をさらに引こう。

私が「国民新聞」に力を割くようになってから、「ホトトギス」の部数の減少するという事もあった。乗りかかった船で国民文学欄に力を尽くして来たが、しかし子規以来の「ホトトギス」を永くその儘にして置く事も忍びないことであった。私は国民文学部を島田青峰に一任して再び「ホトトギス」に専念することにした。

「ホトトギス」の部数が減少したという背景には、漱石が朝日新聞に入社し、朝日新聞以外には長編小説の発表が出来なくなった、ということもあった。「吾輩は猫である」「坊つちゃん」で人気を博した「ホトトギス」だが、もはや漱石の小説が載ることはなくなったのだ。

第六章　虚子の小説

1　余は小説家になる

明治四十二年（一九〇九）十月から虚子は国民新聞社で「国民文学欄」を担当した。その前から同紙の俳壇の選者であったことを前章で書いたが、実は国民新聞と虚子の関係は意外に深い。

スイートな初一念

「ホトトギス」以外の場で最初に小説を書いたのは国民新聞であった。明治四十一年（一九〇八）二月〜七月に「俳諧師」を連載した。また、明治三十九年九月から四十年二月に断続的に随筆を連載した。この随筆は明治四十年五月に『俳諧一口噺《ひとくちばなし》』という題名をつけて金尾文淵堂から出版された。虚子はこの本に収録されている「初一念」という随筆で、小説家になろうというのは「余の初一念」であり、自分が十七八歳のころ、子規も碧梧桐も同じ思いだったと言う。そして次のように続けている。

満腔の希望を抱いて碧梧桐に送られて余は郷関を出た。希望といふのは勿論小説家になるといふ事であつた。其《それ》から京都、仙台と彷徨して終《つい》に学校生活を止めた。碧梧桐も同時に止めた。両人共小説家になる積りで止めた。其から東京に来て両人共小説家にならずに俳人になつた。是より先小説家になる筈であつた子規子は已《すで》に既に俳人であつた。

碧梧桐は何と思つて居るか知らぬが余はまだ小説家になる積りで居る。理屈に於ては俳人も小説家もたいした相違のあるもので無いといふ事は知つて居る。けれども俳人で一生を終るといふ考へは今に於ても毛頭無い。余は小説家になる。忽《こつ》として三十四歳の余は十八歳の若者となる。一昔半の昔にかへる。

忽として（突然に）「三十四歳の余は十八歳の若者となる」とは、子規や碧梧桐と共に郷里・松山で小説家になることを夢見たころへ帰るということ。虚子はこの随筆を病気の兄を看護しながら書いた。さらに虚子は言う。「官吏や職工にならずに俳句を作つたのは幸福であつた。或は今迄小説を作らずに俳句許《ばか》り作つてゐたのが小説家になるといふ事の為めにも却《かえっ》て仕合せであつたかもしれぬ」と。数え歳三十四の虚子は子どもが二人ある中年の男だった。彼のその中年意識が出たのだろうか。虚子は、小説家になるという初一念を「初恋的のスイートな初一念」、と呼んでいる。小説家になるということは、中年の一種の冒険、あるいは挑戦であったのだ。

虚子が国民新聞社に入った背景には「余は小説家になる」という背景があったのだ。

さて、小説家になろうとした虚子は「三、四年の脇道」において四冊の小説集を出している。

漱石の読み

鶏頭　明治四十一年（一九〇八）一月（春陽堂）
俳諧師　明治四十二年一月（民友社）
続俳諧師　明治四十二年九月（民友社）
凡人　明治四十二年十二月（春陽堂）

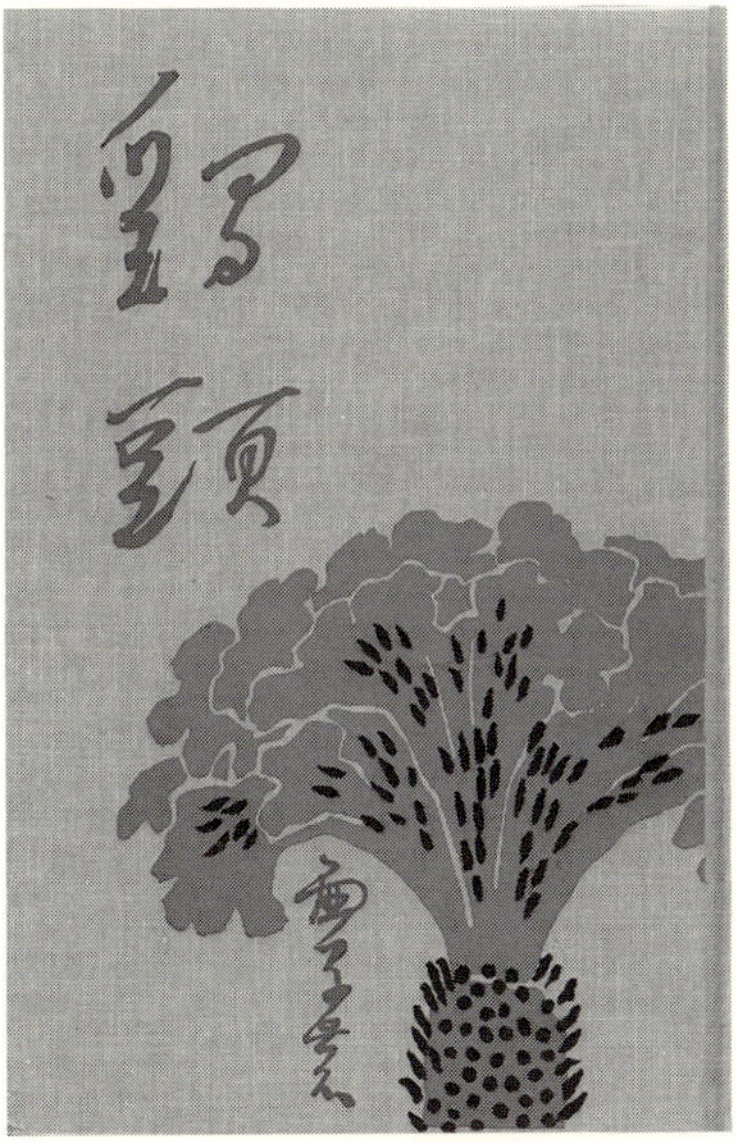

『鶏頭』表紙

二年間に四冊を出したのは、小説家としてとても順調なデビューだったのではないか。ちなみに、『俳諧師』『続俳諧師』を出した民友社は国民新聞社系の出版社、春陽堂は当時の代表的な文芸物の出版社だった。

と、ここまで書いて、ボクも三十歳のはじめごろ、小説集『鶏頭』にかかわる研究論文を書いたことを思い出した。ボクは兵庫県尼崎市の園田学園女子短大の国文学科に勤めていた。駆け出しの日本近代文学の研究者だった。その論文は「『鶏頭』の虚子」（『園田国文』昭和六十年（一九八五））。取り出して卒読したが、おおむね以下のようなことを書いていた。

小説集『鶏頭』にはその巻頭に漱石の序がついている。二十八頁もある長い序だ。『鶏頭』はこの漱石の序に沿って読まれてきた面があるが、必ずしも漱石の言う通りではない、と若いボクは論じている。

漱石は、小説には余裕派と非余裕派がある、と言う。イプセンのように人生の死活問題に触れるのが非余裕派だと漱石は説明しているが、漱石が虚子宛の手紙でほめている島崎藤村の『破戒』も非余裕派の小説だろう。この非余裕派に対して、虚子は余裕派であり、その小説には「余裕から生ずる低徊趣味が多い」と漱石は評する。「低徊趣味」は漱石の造語で些事とか無意味に見える事や物にこだわること。漱石の序のこのあたりの解説を引こう。

> 虚子の風流懺法には子坊主が出てくる。所が此小坊主がどうしたとか、かうしたとか云ふよりも祇園の茶屋で歌をうたつたり、酒を飲んだり、仲居が緋の前垂を掛けて居たり、舞子が京都風に帯を結んで居たりするのが眼につく。言葉を換へると、虚子は小坊主の運命がどう変つたとか、どうなつて行くとか云ふ問題よりも妓楼一夕の光景に深い興味を有《も》つて、其《その》光景を思ひ浮べて恋々たるのである。此光景を虚子と共に味はう気がなくつては、始めから風流懺法は物にならん。斑鳩物語

も其《その》の通である。所は奈良で、物寂びた春の宿に梭の音が聞えると云ふ光景が眼前に浮んで飽く迄これに耽り得る丈の趣味を持つて居ないと面白くない。お道さんとか云う女がどうしましたねとお道さんの運命ばかり気にして居ては極めて詰らない。

「風流懺法」と「斑鳩物語」を例にして余裕派、低徊趣味を具体的に漱石は示している。小説集『凡人』の巻末には『鶏頭』に対する主要な批評が集められているが、岩野泡鳴は、「風流懺法」の小坊主や舞子、「斑鳩物語」のお道や筬《おさ》の音などは漱石が言うように印象に残るが、「それがたゞ僕等に関係のない別世界のことであるかの様な印象が残るばかりで、新時代の唯一文芸に必要な深刻もない、沈痛もない、熱烈もない、これ、劣等文学たる所以である」とこき下ろしている。

若い日のボクが考えたのは、泡鳴のような読みは漱石の読みを前提にしてなされているのではないか、ということだった。漱石の影響力が大きく、余裕派、低徊趣味という文脈で虚子の小説が読まれがちだが、はたしてそれでいいのか。というようなことをボクは考えていたのだった。

2 『鶏頭』『凡人』の世界

小説家になったころ

小説集『鶏頭』が出た明治四十一年（一九〇八）前後はいわゆる自然主義文学が流行した。

明治三十八年　吾輩は猫である（夏目漱石）
明治三十九年　野菊之墓（伊藤左千夫）
　　　　　　　運命（国木田独歩）
　　　　　　　破戒（島崎藤村）
　　　　　　　草枕（漱石）
明治四十年　蒲団（田山花袋）
　　　　　　犠牲（徳田秋声）
　　　　　　平凡（二葉亭四迷）
明治四十一年　何処へ（正宗白鳥）
　　　　　　　春（藤村）
　　　　　　　新世帯（秋声）
明治四十二年　耽溺（岩野泡鳴）
　　　　　　　半日（森鷗外）
　　　　　　　それから（漱石）
　　　　　　　田舎教師（花袋）

右は手元の文学史年表から抜き出した各年の主要な小説だが、独歩、藤村、花袋、白鳥、秋声、泡鳴などのいわゆる自然主義の小説家たちの作品が目立つ。そういう中で漱石が旺盛に書いており、漱石に近い位置で虚子や左千夫も小説家として活動している。
さて、若い日のボクだが、虚子の『俳諧一口噺』の「木枯《こがらし》」という随筆に注目し、漱石の言う「余裕派、低徊趣味」とは少しずれるものを見ようとしている。

無邪気な世間の人が世間の出来事を見るのは、恰《あたか》も小児が畳の上の落葉を見、裏戸の音を聞くのに類して居る。此落葉と裏戸の音とは彼等に取つて別々の現象とほか考へられぬ。唯《ただ》学者、世故に長《た》けた人、苦労人、などいふものが、学問上、経験上、思索上両者の奥には木枯なるものが伏在してゐることを知る。小説家なども此苦労人の一人である。

現象の背後にある本質、あるいは現象の基底をなしている常なるもの、それが「木枯」であり、その木枯の存在を知っているのが小説家だ、と虚子は言っている。この随筆「木枯」の数頁あとには「百八の鐘」という随筆があり、大晦日に夜更かしをするという世間並《なみ》のことが自分は好きだといっている。そして、除夜の鐘を聞きながら、「世間並といふ事は平凡といふ事だ。余は平凡が好きだ。余は世間並が好きだ。大三十日に夜更かしをするといふ事の中には余に取つて悠遠なる趣味がある」と述べている。
平凡とか世間並という現象の中に「悠遠なる趣味」を感じるというのだが、こういう述懐に触れると、中年のこのころ、虚子はすっかり自分を確立した感じがする。四季のめぐりという平凡な現象の中の本質的な何かを表現するのが彼の俳句だったし、晩年の虚子の有名な句「去年今年貫く棒の如きもの」棒のようなものは、まさに先の「木枯」（現象を貫く本質）をとらえた一句ではないか。

小説集『鶏頭』

小説集『鶏頭』には次のような短編小説が収められている。目次にそって作品を並べ、その下に初出の誌名と年月を示した。

風流懺法　「ホトトギス」（明治四十年（一九〇七）四月）
斑鳩物語　「ホトトギス」（明治四十年五月）
大内旅館　「ホトトギス」（明治四十年七月）
八文字　「ホトトギス」（明治三十九年十月）
雑魚網　「ホトトギス」（明治四十年九月）
畑打　「ホトトギス」（明治三十九年四月）
秋風　「ホトトギス」（明治三十八年十二月）
欠び　「ホトトギス」（明治四十年一月）
楽屋　「ホトトギス」（明治四十年三月）
勝敗　「ホトトギス」（明治四十年十月）

右の作品のうち、「ホトトギス」の目次で小説と明記されているのは「欠び」が最初である。明治四十年（一九〇七）一月の「欠び」より前の作品、すなわち、「秋風」「畑打」「八文字」は小説に近い写生文であった。「八文字」の場合、「ホトトギス」では「京のおもひで」という題名であったが、主人公を「余」から「記者の宮本」に変えるなどして小説的な虚構を強めている。つまり写生文から小説へという推敲を虚子はほどこしている。写生文が小説へ展開する経緯、それを示しているのが『鶏頭』の作品であった。

今のボクは『鶏頭』の中の「斑鳩《いかるが》物語」が好きである。次のように始まる。

法隆寺の夢殿の南門の前に宿屋が三軒ほど固まつてある。其の中の一軒の大黒屋といふうちに車屋は梶棒を下ろした。急がしげに奥から走つて出たのは十七八の娘である。色の白い、田舎娘にしては才はじけた顔立ちだ。手ばしこく車夫から余の荷物を受取つて先に立つ。廊下を行つては三段程の段梯子を登り又廊下を行つては三段程の段梯子を登り一番奥まつた中二階に余を導く。小作りな体に重さうに荷物をさげた後ろ姿が余の心を牽く。

この才はじけた「十七八の娘」がお道さんである。「余」は京都や奈良の寺院の調査をしていて法隆寺にやって来た、という設定だ。

荷物を床脇に置くと、娘は「南の障子を広々と開けてくれる。大和一円が一目に見渡されるやうないい眺望」だった。座敷のすぐ下から菜の花が咲き続いていて、その先には白い梨の花が咲いている。余は娘に話しかけて、初瀬、吉野の方角、そして畝傍山などを教えてもらう。翌日の午前は法隆寺に行き、午後は法起寺で調査するが、法起寺ではふと思いついて三重の塔に登る。十五六歳の小僧に案内されて登るのだが、塔の影の中に「一人の僧と一人の娘とが倚り添ふやうにして立話しをして居る。女は僧の肩に凭《もた》れて泣いて居る。二人の半身は菜の花にかくれて居る」。

余と小僧さんは塔の上から二人を眺める。小僧の話によると、僧は小僧の兄弟子。頭がよく学問のできる兄弟子なのだが、好き合っている二人は、恋愛をどうしたらよいかで悩んでいる。小僧さんは「私が了然やつたら坊主やめてしもてお道の亭主になつてやるのに。了然は思ひきりのわるい男や」と言う。

塔の影が見るうちに移る。お道はいつの間にか塔の影の外に在つて菜の花の蒸すやうな中に春の日を正面に受けて居る。涙にぬれて居る顔が菜種の花の露よりも光つて美くしい。……了然といふ坊主も美くしい坊主であつた。

その夜、余はお道さんの機を織る音を聞く。大黒屋の女将と余の話す場面を少し長めに引く。機の音と同時に人々の肉声も聞こえる感じがして、法隆寺門前の宿の春の一夜がたっぷりと更けていく。

突然筬《おさ》の音に交《まじ》つて唄《うた》が聞こえる。

「苦労しとげた苦しい息が火吹竹《ひふきだけ》から洩れて出る」

「お道さんかい」

と聞くと、

「さうだす。え丶声だすやろ」

とお髪《かみ》サンがいふ。余は声のよしあしよりもお道サンが其《その》唄をうたふ時の心持《こころもち》を思ひやる。

「あれでナア、筬の音もよろしいし唄が上手やとナア、よつぽど草臥《くたび》れが違ひますといナ」

「あんな唄をうたふのを見るとお道サンもなか〳〵苦労してゐるね」

「ありや旦那はん此辺《このへん》の流行唄だすがナ、織子《おりこ》といふものはナア、男でも通るのを見るとすぐ悪口《わるくち》の唄をうたうたりナア、そやないと惚《ほ》れたとかはれたとかいふ唄ばつかりだす」

俄《にわか》に男女《なんにょ》の声が聞こえる。

「どこへ行きなはる」

「高野《こうや》へお参り」

「ハ丶ア高野へ御参詣か。夜さり行きかけたらほんまにくせや」

「お父《とつ》つはんはもう寝《ね》なはつたか」

「へー休みました」

高野へ参詣とは何の事かと聞いてみたら、

「はゞかりへ行くことをナア、此辺ではおどけてあないにいひまんのや」とお髪サンは笑つた。よく聞くと女の声はお道サンの声であつた。男の声は誰ともわからぬ。長屋つゞきの誰かであるらしい。

筬の音が一層高まつて又唄が聞こえる。唄も調子もうき〳〵として居る。

「鴉啼迄寝《からすなくまで》た枕元櫛《くし》の三日月落ちて居る」

お髪サンは床《とこ》を延《の》べてしまつて、机のあたりを片づけて、火鉢の灰をならして、もうラムプの火さへ小さくすればよいだけにして、

「お休みやす。あまりお道サンの唄に聞きほれて風邪引かぬやうにおしなはれ」

と引下《ひきさ》がる。

余は塔の上からお道サンと了然の逢引きを眺めた。右の場面では筬の音や話し声を通してお道サンを感じている。この距離感というか、対象とする人物の内面に入っていかないところが魅力ではないだろうか。虚子は、現象だけを描いて、その現象の描写からかすかに本質を感じさせる。

あっ、思い出した。ボクは三十代のはじめごろに夢殿の南門前の大黒屋を訪ねたことがある。当時は大黒屋がまだ健在だった。ただ、ボクには宿泊できる金銭的余裕がなく、大黒屋の周辺を歩き回っただけ。それから四十年くらい後に毎年法隆寺へ行くようになった。法隆寺子規忌俳句大会へ選者として参加するようになったのだ。また、四月下旬には斑鳩の田んぼの作業小屋でげんげ句会を開くよ

うにもなった。この作業小屋はげんげ小屋と名付けられた西谷剛周さんの小屋。彼は「幻俳句会」を主宰する斑鳩の俳人だ。げんげ小屋の前のげんげ田に寝ころがると、揺れるげんげの先に法隆寺の塔が見える。虚子のころだと大黒屋の二階からボクらのげんげ小屋が見えただろう。現在、菜種油を採る菜の花畑はないが、ボクらのげんげ田の先には今も梨畑があって真っ白い花が咲く。秋には剛周さんから斑鳩の大きな梨が送られてくる。

俳諧師・続俳諧師

「俳諧師」は明治四十一年（一九〇八）二月から九月にかけて国民新聞に載った。「続俳諧師」は翌年一月から六月にやはり国民新聞に連載された。先に書いたようにこの二つの長編小説は明治四十二年に民友社から出版された。

「明治二十四年三月塀和三蔵は伊予尋常中学校を卒業した」と始まる「俳諧師」は、三蔵が京都の高等学校に入学し、そこで俳句に出会い、学校を中退して上京し小説家を目ざすが、小説はなかなか書けず、いつの間にか新派の有名な俳人になっている話である。その三蔵は虚子自身がモデルであるが、この小説の主要人物は仲間内で一種天才と見なされていた五十嵐十風と篠田水月。前者は新海非風、後者は藤野古白がモデルだ。十風は吉原の元遊女を妻にしているが、生計をうまく立てることが出来ず、極貧のうちに肺結核で死去する。哲学的な苦悩のうちにあった古白はピストルで前額と延髄とを一発ずつ撃って自殺した。小説は古白のこの自殺の後に三蔵の現在が次のように書かれて終わる。

三蔵は尚ほ小説に意を断つことが出来ぬ。当時売出しの硯友社の作物などを見ると物足らぬ所が多く何所にか新らしい境地があるやうな心持がする。が扨て筆を取つて見ると相変らず何も書けぬ。已むを得ず時機の到るを待つこと丶して、暫く俳句専攻者として立つことにする。小説俳諧師は之れを以て一段落とする。

実は、三蔵は最初から終わりまで、なんどもなんども「小説を書こう」としている。彼が愛読する幸田露伴は二十一歳で「露団々」を世に出した。二十一歳までにはまだ間のある三蔵は、「二十一歳迄には処女作を出さねばならぬと考へる」。でもなかなか書けない。つまり、「俳諧師」は小説家を目ざす青年の物語である。その青年の思いに近いというか、三蔵が無意識のうちに共感しているのが十風や水月であった。三蔵は女義太夫の小光に夢中になり、借金までして寄席の小光を追っかけるが、その小光への耽溺も十風などへの共感と通底している。

「続俳諧師」は単行本の冒頭に、「続俳諧師」と題がついているが人物も事件なども「俳諧師とは接続せず」と書かれている。つまり、「俳諧師」とは別の小説だというのだが、「俳諧師」は小説家を目ざす物語、そして「続俳諧師」は俳諧師としての自分の生き方を納得する物語である。

山本紅漆《こうしつ》は会社の用事で大阪に旅行した。其後《そのあと》は紅漆の母のお霜婆さんが一人きりなので、佐治春宵《しゅんしょう》は留守番旁々《かたがた》同居を頼まれた。春宵は承諾して紅漆の立つた即日引越した。紅漆の妹の照《てる》ちやんは紅漆の出てゐる会社の重役で而《しか》も紅漆の恩人である檜垣《ひがき》といふ家へ小間使《こまづかい》として奉公に行って居た。

「続俳諧師」は右のように始まる。主人公の春宵は俳号、本名は佐治春三郎である。彼は山本家へ留守で入ったのが縁で、山本家の娘、照子と恋愛関係になり、やがて照子は妊娠する。春宵は俳人として期待されており、山本家との関わりを仲間の俳人から憂慮される。そうこうしていると、下宿業を経営するために田舎から兄が上京する。春宵夫妻はその兄の下宿業を手伝うが、素人経営なので苦労がたえない。春宵は兄の資金的援助を得て俳句の本の出版を始めるが、その出版業はなんとか軌道に乗る。しかし、兄の下宿業は失敗、兄はチフスに罹って死んでしまう。以上のあらすじから分かるように、虚子自身の結婚、兄の下宿業の手伝い、雑誌「ホトトギス」の経営という体験がこの小説のストーリーの核をなしている。

春宵は俳句仲間から商売人になり下がったと蔑称されながら、結婚生活や下宿業、出版業などの暮らしから「一条の活路」を見出す。

俳諧師になるには二つの道がある。一つは現実とは別世界の俳諧趣味に生きる道。職業や暮らしなどの現実よりも俳諧趣味を重んじ、俳諧趣味を説く。もう一つの道は、俳句を添削したり俳諧趣味を説くのはごく普通の職業と見なす道。つまり、俳諧師は筋肉労働などとかわりがない。以上のように考えるようになった春宵は、第二の道に於いて自分の道を見出したのだ。「続俳諧師」の一節を引こう。

嘗《かつ》て俳句で衣食してゐるものは佐治春宵一人であるといふ言葉が甚《いた》く春宵の心を悶えさせたのも畢竟《ひっきょう》俳句を以て職業以上のものと考へてゐたが為めであつた。其《それ》を今は衣食の為めの職業と考へて不思議とも思はぬ許《ばか》りか、却《かえっ》て之《これ》を宗教視せず哲学視せず、平凡なる通俗なる一種の職業視する所に興味を覚えた。

「平凡なる通俗なる一種の職業」として春宵は俳諧師の自分を納得した。俳諧師は特別な存在ではない。野菜を売る人や会社員、そしてパン屋さんと何ら変わりがない。

ちなみに、虚子の自選句集『五百句』（昭和十二年〔一九三七〕）には明治四十二年（一九〇九）から大正元年（一九一二）に至る間の句がない。この時期の虚子は俳句から遠ざかり小説家であったから。では、ここで宮武外骨が編集した「大阪滑稽新聞」第六十三号（明治四十四年〔一九一一〕六月一日号）に出ている「当世小説家番付」を見ておこう。藤村と花袋が大関として最上位にいるが、彼等は時代の流行だった自然主義文学の旗手だった。虚子は前頭の上位につけており、いわば当時の中堅どころの小説家という位置づけであろうか。

小説集『凡人』

小説集『凡人』（明治四十二年〔一九〇九〕十二月）には次の六篇の小説を収めている。書名の通りに凡人の生涯を描いた作品だ。

三畳と四畳半

御免蒙

新舊混同　當世小說家番附

行司　坪内逍遥　森鷗外

勸進元　幸田露伴

大關　島崎藤村
關脇　塚原澁柿園
小結　夏目漱石
前頭　小栗風葉
前頭　廣津柳浪
前頭　正宗白鳥
前頭　德田秋聲
前頭　田口掬汀
前頭　德富蘆花

前頭　巖谷小波
同　饗庭篁村
同　村上浪六
同　木下尚江
同　眞山青果
同　佐藤紅綠
同　森田草平
同　伊原青々園
同　内田魯庵
同　半井桃水

前頭　黒岩涙香
同　中村春雨
同　岩野泡鳴
同　中村星湖
同　岡田八千代
同　三宅青軒
同　鈴木三重吉
同　村井弦齋
同　田村松魚
同　矢野龍溪
同　山崎紫紅
同　馬場孤蝶

前頭　小川煙村
同　齋藤弔花
同　遅塚麗水
同　山田旭南
同　高崎春月
同　宮崎湖處子
同　薄田泣菫
同　本山荻舟
同　小栗籌子
同　長塚節
同　田村露英
同　渡邊默禪

前頭　堀内新泉
同　窪田空穗
同　吉江孤雁
同　大倉桃郎
同　稲岡奴之助
同　高須梅溪
同　柴田流星
同　森しげ女
同　島村苳三
同　白柳秀湖
同　森岡騒外
同　水野仙子
同　小笠原白也
同　森曉紅

大關　田山花袋
關脇　渡邊霞亭
小結　泉鏡花
前頭　小杉天外
前頭　江見水蔭
前頭　永井荷風
前頭　後藤宙外
前頭　柳川春葉
前頭　菊池幽芳

前頭　高濱虚子
同　幸堂得知
同　伊藤銀月
同　堺枯川
同　小山内薫
同　生田葵
同　水野葉舟
同　松居松葉
同　昇曙夢
同　武田仰天子

前頭　長田秋濤
同　三島霜川
同　上司小劍
同　小川未明
同　長谷川時雨
同　須藤南翠
同　德田秋江
同　石橋思案
同　山岸荷葉
同　末松謙澄
同　佐藤天聲
同　相馬御風

前頭　武田櫻桃
同　中内蝶二
同　高安月郊
同　黒田湖山
同　本多嘯月
同　泉斜汀
同　兒玉花外
同　岡村柿紅
同　國木田治子
同　吉井勇
同　野上八重子
同　加藤眠柳

前頭　米光關月
同　野上臼川
同　西村醉夢
同　秋田雨雀
同　[illegible]
同　茅野蕭々
同　篠原[illegible]
同　尾島菊子
同　村山鳥逕
同　三津木春影
同　江上朝霞
同　茅野雅子
同　[illegible]
同　篠山吟葉

「当世小説家番付」
大阪滑稽新聞（明治44年６月１日付）に掲載

病児
肌寒
温泉宿
続風流懺法
興福寺の写真

虚子は巻頭の「序」で以下のように言っている。

此書《このしょ》は六個の短篇小説を輯《あつ》めたものであるが、六篇とも大いなる喜劇の主人公となる事も出来ねば大いなる悲劇の主人公となる事も出来ぬ凡人の境涯を書いたのである。言《ことば》を換へて之《これ》を言へば『三畳と四畳半』から『興福寺の写真』に至る迄一凡人の十余年の生涯である。此《この》点に於て一貫した小説として此書を見る事も出来る。

凡人の生涯を書いたというこの考えは、俳諧師を「平凡なる通俗なる一種の職業」とする見方に通じているだろう。そういえば、すでに引用したのだが、『俳諧一口噺』で「世間並といふ事は平凡といふ事だ。余は平凡が好きだ。余は世間並が好きだ」と言っていた。平凡は中年の虚子が見出した自身の立ち位置だった。

もう一カ所、序から引用しておきたい。晩年の虚子は小説「虹」などを書いて小説家として復活するのだが、その復活の要因のようなものがここには書きとめられているのではないか。

『温泉宿』『続風流懺法』の主人公が一少女に恋ともつかぬ憧《あこがれ》の情を寄するのは老《おい》の絆に牽《ひか》れまいと藻掻く幽《かすか》なる反抗である。

中年のこの時期に、老いに落ち込んでしまわないあらがいとして発揮した「恋ともつかぬ憧の情」、それが実際の老年に至って「虹」などに現れるのだ。

第七章　小説家から俳人（選者）へ

1　果敢な中年

国民新聞社を辞めた理由は、「国民文学欄」を虚子の思うままに出来なくなった、すなわち社長の徳富蘇峰の意向を優先しなくてはならなくなったということだった。また、漱石の後発の朝日新聞「朝日文芸欄」が「国民文学欄」をしのいだこともその理由だった。さらに大きな理由としては、読者が激減している「ホトトギス」をなんとかしなくてはいけないということがあった。

三十六歳の虚子

虚子は国民新聞社を辞めた直後の明治四十三年（一九一〇）十二月に鎌倉に移住した。

鎌倉に移住しました動機は、二女立子《たつこ》がよく風邪をひいて肺炎がかったものになり、また部屋を温めてそれの介抱をしておる時分に、次男の友次郎《ともじろう》もそばづえをくって、同じく肺炎がかった風邪をひき、三女の宵子《よいこ》もまた急性肺炎になる、といったような騒ぎがつづきまして、暖かい海岸にでも行って一冬すごそうという考えから、鎌倉行きを志したのでありました。がそればかりでなく、国民新聞社に入って三、四年間脇道をしたために、折角自分が志を立てて、それまで育ててきた「ホトトギス」が衰微し、維持が困難になってきたというようなことから、生活を一新しようという考えで、鎌倉落ちを志したのであるとも言えるのであります。（『新編 虚子自伝』）

実は、虚子自身も体調が崩れ、小説が書きづらくなっていた。もし続いて筆を執っていたら死んでしまう、と医者が言う状態だった（『新編 虚子自伝』）。「鎌倉落ち」と卑下しているが、実際は中年の一種の危機に直面し、その危機を乗り超えようと志しているのだ。

ちなみに、明治四十三年の虚子は三十六歳である。二葉亭四迷の小説「平凡」（明治四十年）は「私は今年三十九になる」と始まるが、その主人公は「私も老込んだ」と述懐している。虚子の年齢も老いを意識して当然な年齢だったと言ってよい。虚子はそういう年齢において、つまり、中年の転機とでも言うべき時にさしかかって、自分と自分の周辺を一新しようとしているのだ。

明治四十三年の「ホトトギス」

虚子が国民新聞社を辞めたころの「ホトトギス」はたしかに売れなかっただろうという気がする。たとえば第十四巻第一号（明治四十三年〔一九一〇〕十月）は本体一〇六頁、「付録小説」一一三頁という分厚さ。本体よりも付録の小説の頁が多く、まさに小説の雑誌というおもむきだ。その小説は次の通り。

飼犬　野上弥栄子
果報な大村君　加能作次郎
大雨の前日　伊藤左千夫
高野の火　高浜虚子
茅ヶ崎日記　片上天弦

もし「ホトトギス」を俳句雑誌として見たら完全に小説に乗っ取られている。本体には写生文が多く、俳句の記事は松瀬青々、内藤鳴雪、石井露月が選者の募集句欄が四頁、「灯」を題にした諸家の俳句欄が一頁、そして恒例の「東京俳句界」「地方俳句界」の記事があるだけ。

右の「ホトトギス」の翌月には「ホトトギス増刊第三冊」としてメレシュコフスキーの「背教者ジユリアノ」（島村苳三訳）が出たが、この増刊号は二七〇頁を超す大冊だ。ケーベル（漱石の東大における先生）、そして森鷗外の序がついている。ケーベルは当該作品について、「純なる基督教的意味での、一個の精神に充ちた宗教哲学的傾向小説」だと述べているが、正直に言ってとっても読みづらい。俳句の作者のほとんどは読もうとしなかったのではないか。インターネット上の事典『ウィキペディア』によると、メレシュコフスキーは「ロシア象徴主義草創期の詩人にして、最も著名な思想家」だということだが、ボクは読んだことがない。後に米川正夫などの翻訳でもメレシュコフスキーの本が出ているようなので、ある時期にはよく読まれたのかもしれない。ちなみに、先の『ウィキペディア』（二〇二四年七月二十日）には、メレシュコフスキーは何度かノーベル賞候補になったが、ヒトラー支持の姿勢のために受賞に至らなかったとある。

社告と決意

「ホトトギス増刊第三冊」としてメレシュコフスキーの「背教者ジュリアノ」を出した理由を虚子は第十四巻第二号の「消息」（編集後記に当たる欄）に以下のように書いている。訳者は大学在学中から訳出にかかり、長年をかけて完成させたが、出版を引き受けるところがない。そういう事情を聞いて憤慨し、「我ホト、ギスに於て引受け増刊として発行する」ことにした。以上のように虚子は言うのだが、どこも出版する会社がないということは売れないということだろう。虚子の無鉄砲ともいうべき決断にちょっと驚く。

驚くといえば鷗外の序にも驚く。短い序なので全文を引こう。

世は矛盾の多いものである。

現今のあらゆる国の、殆ど統《すべ》ての知名の詩人が危険思想家とせられて、それを翻訳したことのある為めに、僕も危険だと認められてゐるさうである。

それかと思へば、此書を訳した島村君のやうに、ある書が危険でないといふ証明を僕に求める人もある。

詩は感情である。感情は主義ではない。それとは違つて、僕は危険な主義を宣伝する意味の作品を訳したことはないと信じて、矛盾と猜疑との中に安んじてゐる。併し島村君の書に僕が強ひて序を書いても、矛盾は島村君をしてその冀望を達せしめないだらう。それのみではない。僕の序が却て島村君の書を累するかも知れない。そこで一応辞退した。それを島村君は容れないのである。

幸な事には、先輩キヨオベル先生の文章が巻頭に載せられることになつた。先生は島村君の訳した原本に就いて所感を述べて、先生の穏健な立場から称讃し保障してゐられる。

其書は何であるか。現今世界のあらゆる国に、何の故障もなく流布してゐる、メレジュコフスキイの所謂トリロギイの一なるユリアヌスである。

「先輩キヨオベル先生」はケーベル、末尾のトリロギイは三部作。「背教者ジュリアノ」は作者の三部作の一つとして有名らしい。それはともかく、鷗外のこの序は、自分が序を書いても安全は保障できない。でも、ケーベルが穏健な立場から称讃し保障しているから安全だ、と言う。また、世界的に「何の故障もなく流布して」いるから安全だ、と言う。要するに、この本、危険思想と見られかねない恐れがあったのだろう。この恐れはこの本が出版できなかった理由の一端だったかもしれない。

虚子の出版事業は、実際、かなりきわどいものだった。「ホトトギス」第十四巻第一号はその巻頭に次の社告一頁がある。前号が発禁になったのである。

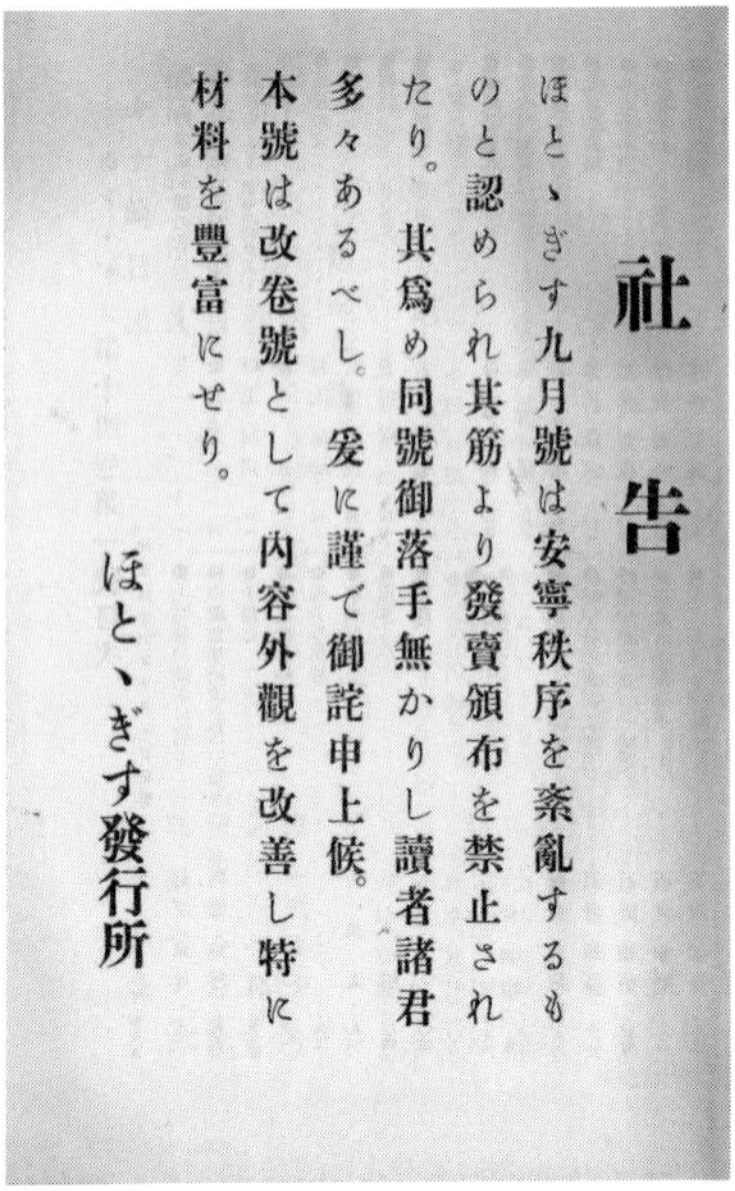
社告

ほとゝぎす九月號は安寧秩序を紊亂するものと認められ其筋より發賣頒布を禁止されたり。其爲め同號御落手無かりし讀者諸君多々あるべし。爰に謹て御詫申上候。
本號は改巻號として内容外觀を改善し特に材料を豊富にせり。

ほとゝぎす發行所

「ホトトギス」第14巻第1号巻頭の社告

「安寧秩序を紊乱《びんらん》するもの」とされたのは一宮瀧子の小説「をんな」であった。虚子はこの小説について「東京の古風な家庭に於ける新教育を受けた或一人の若い女の思想感情が大胆に描かれてゐる点を面白いと思つた」と書いているが、その編集者・虚子の面白いと思った点が、「儒教主義に馴らされ来《きた》りたる女子の道徳思想を破壊するものとして」官憲のとがめるところとなったのだった。親から自由でありたいという娘の願望は、現在の時点ではごく当たり前の思いである。だが、親が育ててくれたことは恩かもしれないが、生んでくれたことは少しも恩でないという考え、あるいは、家なんぞはつぶれていい、と思うところなどは、たしかに当時の儒教の思想にぶつかるのだろう。

右で引いた虚子の言葉は、「ホトトギス」第十四巻第一号の冒頭の記事「第十四巻第一号の首に」にある。

2　俳人（選者）になる

俳句から写生文、小説へ

「第十四巻第一号の首に」において、虚子は次のように東京版「ホトトギス」を回顧している。

> 松山に於て発行されてゐた時代は扨置《さて》き、之を東京に移した第二巻第一号以来本誌の目的は微力乍《なが》らも一に明治新文学の上に在つた。十四年の歳月の間此《この》志は一貫して変ら無かつた。初めは俳句に重きを置いたので、余所目《よそめ》には俳句専門雑誌の観があつたらうと思はるゝが、其《その》実我等の意気込は俳句を基礎として其上に新らしい文学をうち建てやうといふのであつた。おもへらく、俳諧趣味は至醇至高の日本趣味である、又俳句の技巧は直ちに之を移して小説等の上にも用ゆる事が出来ると。

「俳句を基礎として其上に新らしい文学をうち建てやう」という思いは、具体的にはまず写生文の実践となった。「写生文の唱導は自然派の運動に先立つ事数年で、硯友社時代の型に嵌つた文章を破壊した」。そして、作家の思想や感情に重きを置くようになり、「俳諧趣味といふやうな或限られた狭い趣味の中に安住する事は出来ないやうになつた」。そうした流れの中で「をんな」も掲載に至ったのであった。以下は「第十四巻第一号の首に」の結びである。

単に外形の写生に止まつた時代は既に昔となつた。我等は各様の性客（客は格の間違いか――坪内）の人の各種の境遇に於ける内外両面の写生を歓迎する。よく人生を味ひ人生を領解した人の写生文は自らにして価《あたい》の多い文学となるであらう。未だ其処《そこ》に至らざる人は唯写生其者《そのもの》の価値に止まるであらう。我等は其何れたるを問はず写生文を主張する。

終りに臨んで、汝等は俳句を紙面より排し去らうとするのでは無いかといふ質問に対して、我等は唯一言否《いな》と答へねばならぬと思ふ。ホトトギスが嘗て俳諧趣味を以て文学の全部とした時代こそ過ぎ去りたれ、此文学の一科に相当の敬意を払ふことは必ずしも人後に落るものでは無い。

「俳諧趣味を以て文学の全部とした時代」は去ったと虚子は言う。ここでいう「俳諧趣味」を、虚子は「俳句趣味」「俳趣味」とも言うが、『俳諧一口噺』ではその俳句趣味を、「俳句の形は十七字だが俳句趣味は無辺際だ。……俳句趣味を人に伝へる為めには俳句でもよい。写生文でもよい、小説でもよい、戯曲でもよい、絵画でもよい。でもよいどころか、斯る諸体の文芸に悉く俳趣味を普及することが出来たら俳人の立場として大に快哉を呼ばねばならぬ事だらう」（「俳句と写生文」）と説明している。『俳諧一口噺』では「俳句は趣味のみに立脚した文学だ。趣味以外の事は加味する必要は無い」（「俳句と小説」）とも言っているが、何が、あるいはどのようなことが俳句趣味か、もうひとつ分かり

石井柏亭「庭で写生」（右）と渡辺与平「産湯」（左）
いずれも「ホトトギス」第14巻第1号掲載

にくい。虚子は次のようにも解説している。

俳句は短い文字であるから長い事はいへぬ。従つて其《その》詠ずる処は景色とか景色に近い人の動作とか色の濃淡で現はすことが出来るやうな簡単な感じとかに過ぎぬ。斯《こ》ういふものは簡単なだけに純粋だ。文学の第一義たる趣味のみで他のものは交へずとも足りる。（「俳句と小説」）

「俳句趣味」は俳句にとどまらず、いや、俳句を出て、写生文、小説として展開した。実はこの時期の「ホトトギス」では絵画としても展開していた。中村不折、下村為山、橋口五葉、石井柏亭、渡辺与平、平福百穂、小川芋銭、津田青楓などの挿絵が毎号ふんだんに載ったのである。こういう点でもこの時期の虚子、「ホトトギス」は果敢であった。

俳句→写生文→小説という展開があった。その展開の基底にあったのは俳句（俳句趣味）であった。

感興の焦点化

虚子は自分の句を「ホトトギス」の号数に合わせた句集『五百句』（昭和十二年〔一九三七〕）、『五百五十句』（昭和十八年〔一九四三〕）、『六百句』（昭和二十二年〔一九四七〕）、『六百五十句』（昭和三十年〔一九五五〕）にまとめている。いずれも年代順句集である。最初の『五百句』の前には渡辺水巴選『虚子句集』（大正四年〔一九一五〕、植竹書院）、『虚子句集』（昭和三年〔一九二八〕、春秋社）、『句集虚子』（昭和五年〔一九三〇〕、改造文庫）がある。これらのうちで類題句集の『句集虚子』はよく普及したのではなかったか。この句集は冒頭に短い自序があり、自作の「流れ行く大根の葉の早さかな」を解説している。話題にしてきた俳句趣味の解説にもなっていると思われるので引いてみる。

流れ行く大根の葉の早さかな

この句は晩秋初冬の頃、田園調布に吟行して多摩川辺をへめぐつて、稍末枯《やゝうらが》れかかつて来た紅葉をながめ、風に吹き倒されて居る穂芒の道を通り、或は柿の残つて居る農家の間をぬけなどして、そゞろに景趣を味はひながら、フトある小川に出た。橋上に佇むでその水を見ると大根の葉が非常な早さで流れて居る。之を見た瞬間に今まで心にたまりたまつて来た感興がはじめて焦点を得て句になつたのである。その瞬間の心の状態を云へば、他に何物もなく、たゞ水に流れて行く大根の葉の早さといふことのみがあつたのである。流れゆくと一息に叙した所も、一にその早さにのみ興味が集中されたからのことである。今も尚その時の早く流れる大根の葉つぱが著しい強い印象をもつて目に残つてゐる。　（傍線は坪内による）

この大根の葉の句は虚子の代表作と言ってもよいくらいに有名だが、『五百句』によると、昭和三年（一九二八）十一月十日の九品仏《くほんぶつ》吟行の作だと分かる。九品仏は現在の東京都世田谷区奥沢にある浄真寺とその一帯を指す通称だ。傍線部は、見た物（対象）が瞬間的に自分の心（感興）と合体して表現に至った事情を語っている。ポイントは感興が「心にたまりたまつて来た感興」であることだろう。それが対象に触れて焦点を結んだのだ。こういう焦点化はいつも生じるわけではない。「たまりたまつて」感情がカオスのようにエネルギーを帯びなければならないのだ。虚子の句集を読むと、多くの句は句会などで即興的に作られている。そこには「心にたまりたまつて来た感興」ではなく、単なる即興しかないのではないだろうか。

俳諧散心と雑詠

話題が先走ったが、『五百句』には明治四十二年（一九〇九）から明治四十五年（一九一二）の句がない。この時期、虚子は小説家にして編集者であり、俳人でなかったのだ。俳人をやめた直前、虚子は俳諧散心や日盛会と呼んだ句会をしていた。また、「ホトトギス」誌上に「雑詠」と題して句を募った。

俳諧散心は明治三十九年（一九〇六）三月から始まった虚子を中心にした句会で明治四十年（一九〇

七）一月まで続き四十一回に及んだ。人口に膾炙している

桐一葉《ひとは》日当たりながら落ちにけり

は明治三十九年八月の第二十二回俳諧散心での作である。この句、季語「桐一葉」は中国の古典「淮《え》南子《なんじ》」にある「桐一葉落ちて天下の秋を知る」に由来し、秋の訪れを感じることを言う。その秋の訪れを「日当たりながら落ちにけり」が目に見えるかたちで具体化している。ただ、今ではやや古典的な句になっているだろう。季語「桐一葉」に注釈がいるし、桐の落葉がこの句の出来た頃のようには身近でなくなっている。つまり、季語を成立させている根拠が古く弱くなっているのだ。

日盛会は明治四十一年（一九〇八）八月一日から同月三十一日までほぼ毎日のように開いた句会。その作品集が「ホトトギス」第十二巻第一号の巻末に「俳諧散心」と題して出ている。句会の参加者は松根東洋城、岡本癖三酔、岡本松浜、中野三允、高田蝶衣など。飯田蛇笏も一回出席しているが、主なメンバーは当時の「ホトトギス」の編集にかかわっていた人たちである。つまり、虚子を中心にしたごく内輪の句会だった。日盛会で生まれた虚子の句では、

金亀子《こがねむし》擲《なげう》つ闇の深さかな

が有名だ。明治四十一年八月十一日の句会で出来たが、この句も闇の深さやコガネムシに注釈がいりそう。かつて飛んで灯に入る夏の虫という諺があり、夏には灯火を目ざして虫が寄って来た。その代表がコガネムシだった。コガネムシはブンブン、カナブンブンとも言い、大きな羽音を立てて飛び込んできた。それをつかまえ、窓の外の闇へ投げ捨てるのだ。すると、闇の深さが一際強く感じられる。この句の想像させる以上のような光景は、ボクには自分の少年時代そのものだ。だが、網戸が普通に装着されて（昭和三十年代ごろから）、窓から虫が飛び込んで来ることは最早なくなっている。闇の深さも、街灯などが多くなった現在の町では感じにくい。

雑詠とは決められた題で詠むのではなく、自由な題で詠むこと。また、そのようにして読まれた作品をも指す。「ホトトギス」では雑詠ではなく、決まった題で俳句が募集されていた。虚子が募集句の欄の名を雑詠としたのは明治四十一年（一九〇八）十月の「ホトトギス」、すなわち第十二巻第一号からだった。その雑詠欄は二頁、巻頭は渡辺水巴の十二句、その後にはぎ女の二句、木母の二句が続き、さらに香村、無為坊の一句が続いた。末尾には次のような募集要項がある。

雑詠投稿は一人一回五十句を限る。
用紙半紙。字体鮮明なる事を要す。
雑詠と肩書すべし。毎月五日締切。

「ホトトギス」のこの号には課題句の「鮎」（碧梧桐選）、「駒迎」（鳴雪選）、「野菊」（青々選）、「鴨」（癖三酔選）がある。従来、「ホトトギス」の俳句欄はこの課題句が中心だったが、虚子は非課題句の募集を思いついたのだ。そのヒントになったのは「ホトトギス」第十一巻第九号に載った蝶衣の「掃薺盧雑詠（一）」などではないだろうか。蝶衣はこの題のもとに一挙に四十七句を載せており、同じく第十一巻十一号には富永眉月の「雑詠」一五七句が、そして第十一巻十二号には蝶衣の「掃薺盧雑詠（二）」八十二句が出ている。これらの「雑詠」が「雑詠欄」を思いつくきっかけだったに違いない。

新しく始めた雑詠欄は翌年の第十二巻第十号まで続いて中断した。中断した理由は、虚子が小説に傾倒して俳句から遠ざかったからだが、たくさんの応募があったらしい。第十二巻第二号では五十三人の約二五〇〇句、次の第三号では一一二人の約五〇〇〇句、第四号では一八〇余人、約九〇〇〇句という次第。しかし、虚子は小説に集中するためにこの欄を中断したが、彼が再び俳句に積極的にかかわるようになったとき、虚子の拠点になったのはこの雑詠欄であった。彼は雑詠の選者として俳句に復帰する。

第八章　俳人・虚子

1　再び雑詠欄

このごろの一面

「本誌刷新について」を巻頭に掲げた「ホトトギス」第十五巻第一号（明治四十四年〔一九一一〕十月）には、その前後の巻にない著しい特色がある。広告がないのである。たとえば前号（第十四巻第十四号）だと、東京日日新聞の小説「朝鮮」の広告がまずあって（写真参照）、その後に雑誌「ツボミ」、味淋「天晴」、『瀬戸内海写生一週』という興文社の本の広告、医院の開業告知などが続いている。雑誌「青鞜」初号の広告、俳句雑誌「層雲」九月号の広告もある（写真参照）。「層雲」はこの年四月に荻原井泉水《せいせんすい》が創刊、碧梧桐のいわゆる新傾向俳句のグループもこの雑誌に拠った。以上は巻初にある広告だが、巻末には島村抱月、正宗白鳥、田山花袋などが執筆している雑誌「文章世界」の広告がある。「ホトトギス」に掲載の挿絵を集めた天金箱入りの豪華本

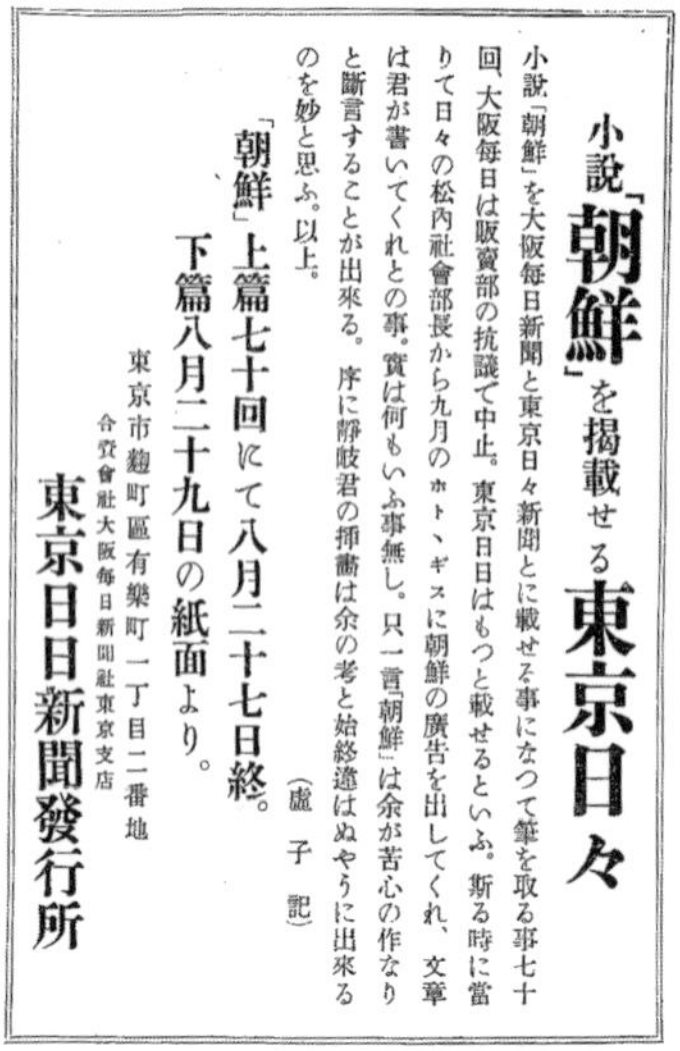

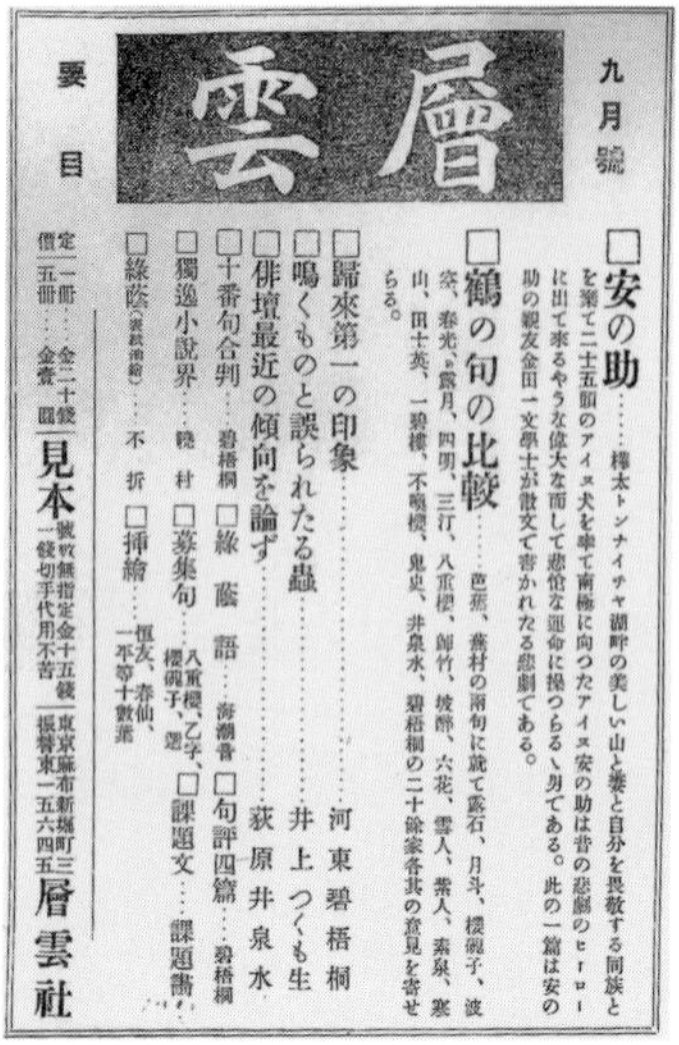

小説「朝鮮」と俳句雑誌「層雲」の広告
「ホトトギス」第14巻第14号掲載

「さしゑ」の広告もある。

「層雲」「青鞜」は大正期にめざましい活動の拠点となるが、いわゆる白樺派の雑誌「白樺」も前年四月に創刊されている。文学の動きに新しい生動が感じられる、そういうなかで虚子は「ホトトギス」と自分のこれからを考えている。

「朝鮮」の広告は虚子自身が書いたもの。大阪毎日新聞、東京日日新聞に連鎖していた「朝鮮」が、「大阪毎日は販売部の抗議で中止」になったという。どのような抗議だったのかは不明だが、ここにも格闘する虚子がいることはたしか。「層雲」九月号の記事を見ると、ここには「ホトトギス」とは別の俳句の拠点が作られようとしているのが分かる。

ともあれ、虚子は広告を一切省いた

「ホトトギス」を編んで、刷新の気持ちを強く訴えたのだろう。ちなみに、「ホトトギス」の広告は次号から次第に増える。

俳句をどうする？

虚子は俳句をどうするのだろう。「ホトトギス」の刷新をめぐって揺れていた虚子は、「ホトトギス」第十五巻第四号（明治四十五年一月（一九一二））に「歳旦辞」を書き、今回の刷新は、「我等仲間」というものを解体し、虚子一人の雑誌にした、と言う。そして、「今迄は兎角自分の健康が気になり、体力相応の仕事をせうといふやうなことをよく考へたものだが、今後は興奮し得られるだけ興奮して、体力などは顧慮しない覚悟である」と述懐した。やる気に満ちている。虚子はその「歳旦辞」を次のように結んだ。

本誌の俳句をどうするかといふ事は、小生が俳句をどうするかゞ小生に取つては先決問題である。小生自身の俳句に対する問題が解決され無い間はホト丶ギスの俳句も小生に於ては解決のしようが無い。唯自然の推移に任して置くより外《ほか》致方が無い。刷新当時小生は一度俳句全廃の事を提案したが其《それ》は果たさなかつた。今後或は再び同じ提案をするか、若《も》しくは自ら本誌の俳句に携はるか、何れか二者一を選ぶ事によつて初めて問題は解決するのである。小生自身に取っては解決するのである。

さて、俳句をどうする？　虚子は大きな岐路に立っている。

「ホトトギス」第十五巻第八号（明治四十五年〔一九一二〕五月）の巻末に次の募集記事が出た。

雑詠欄再開

○雑吟　虚子選

用紙半紙。一人二十句以下。

雑詠欄の再開を告げる募集記事である。「雑吟」となっているが、当初は雑吟と雑詠の二つの言い方（意味は同じ）があり、やがて雑詠に落ち着く。ところで、雑詠の募集が始まったが、虚子が俳句に専念するというのではない。「ホトトギス」の次号、すなわち第十五巻第九号の巻頭に掲げた「愛読者諸君」には以下のように書かれている。

私は矢張り小説を中心としてゐます。さうして感興が赴きさへすれば脚本も作らうし俳句も作らうと思つてゐます。若し強ひて以前と違つたことを申せば文章に熱中した為めに俳句も謡も鼓も止めてゐたのが、今後は時間と精力とさへあれば何も彼も少しづゝ勉強して見度いと思ふのであります。丁度ホトトギスに自分で文章を書くといふ事許りで無く編輯といふ事にも出来るだけ力を尽くして見ようといふのと同じ意味であります。其原因は外ではありません、私の元気が、以前は文章だけに集中せねば駄目だつたのが、此頃は多少他のものに分与しても差支《さしつかえ》無い位に増して来たのだと自分で考へてゐます。

虚子は「自分の年とつて行くといふ事は忘れて私の仕事はこれからだといふやうな気がいつもしてゐる」とも述べており、中年の力を解き放そうとしているというか、全開にしようとしているのだ。実際、「ホトトギス」には次々と小説を載せているし、東京日日新聞には長編小説「朝鮮」を連載していた。

虚子は、小説を中心とする、と言いながらも、この号の「消息」では、雑詠はいよいよ次号より始まる、と書いた後で、さりげなく重要な発言をしている。雑詠欄の「綱領ともすべき二三個条」を挙げているのだ。

曰《いわ》く調子の平明なる事、曰く成るべくやかな等の切字ある事、曰く言葉簡にして余意多き事

虚子はこれらの意見は五六年前の自分の意見だが、ともかくこのあたりから雑詠欄を開始したい、と述べたのだ。

さて、その雑詠欄だが、第十五巻第十号（明治四十五年七月）から始まった。十九人の二十四句が載った。巻頭の五句を挙げておく。

草摺に蛞蝓をりし朝の陣　迷堂
島人の錦絵を紙魚喰ひにけり
裏富士の雨意に垂れたる幟かな　桃孫
或日法庭に春の赤き日沈みけり　未灰
夜桜の広き座敷を掃きにけり

草摺は鎧の胴の下に垂れて股を蓋うところ。そこに蛞蝓《なめくじ》がはっているというこの風景は、戦国時代の朝の陣営を連想させるが、しかし、なんとも古めかしい。未灰の裁判所の夕日は、俳句にはまだ珍しい同時代の風景だが、裁判に負けたという余意があるのだろうか。ともあれ、これらの句についての虚子の批評は容赦ない。

第一回雑詠選を終りたる後の所感を申上候へば、調子の晦渋なるものは概ね興味を感ぜず、平明なるものは多く陳腐の譏を免れざりしといふに帰着致候。今回選出せし二十四句といへども清新といふ点よりいへば慊らざるもの多く候。

容赦なくこのように言い放した後で虚子は続ける。以下はとっても重要だ。虚子は自身の俳句観を率直に表明しており、以後、終生にわたってこの考えを基底に虚子は俳句にかかわったから。

2　俳句は古典文芸

虚子は言う。俳句は季題（季語）と字数、そして詩らしい調子の制約下にある古典文芸だ、と。

虚子の俳句観

小生の諒解せる俳句なるものは一種の古典文芸なり。古典文芸と申したりとて陳腐なる文芸なりとおとしめるには無之候《これなくそうろう》。古典文芸とは古来より或制約の下にある特殊の文芸を申し候。其制約内に立ちて出来るだけ斬新なる仕事をすることは勝手に候。

仏蘭西あたりの絵画は古典派、ローマン派互に清新を競へりと聞く。さもあるべき事に候。俳句の制約とは何ぞや、其主なるもの一二をいへば、季題趣味、十七字といふ字数の制限、詩らしき調子是なり。

若《も》し其制約を好まずとならば寧《むし》ろ凡《すべ》ての制約を突破し去りて大自由の天地に立つべし。長詩可なり。散文可なり。

小生は数年前其散文に赴きたるものゝ一人に候。而も俳句に立戻る場合には此制約を厳守せんとす。

此制約あるが故に俳句あるなり、制約なければ俳句なし。
制約無きものを尚《なお》俳句と呼ぶも勝手なれ共、其は無意味なり。寧ろ別名を付するに若《し》かず。

そして虚子は、右の制約下ではどんな斬新な仕事をすることも勝手だと続けている。以上の考えは、先に言ったようにこの後もというか、虚子の生涯にわたって彼の俳句観の骨子であった。虚子は写生を重視し、その写生が時に主観的であったり、逆にすごく客観的になったりしたが、それは表現法の揺れであって彼の俳句観の骨子に変化はなかった。俳人・虚子がここにすっくと立っていると言ってもよい。しかし、彼はまだ俳句の実作から離れたままである。

ところで、右の虚子の俳句観は、碧梧桐を中心にしたいわゆる新傾向の俳句に対立するものだった。新傾向は虚子の言う制約からできるだけ自由になることを志向した。虚子が俳句から離れていた時期、この新傾向が全国的に流行していたのだった。「ホトトギス」もその新傾向の俳句が増えていたが、虚子が編集に乗り出し、「ホトトギス」が虚子個人の雑誌になったことで、新傾向の作者たちはたとえば「層雲」へ移って行った。

「ホトトギス」も川船

ところで、雑詠欄が始まった「ホトトギス」には虚子の散文「子供等に」が巻頭に出ている。その次の号には「耶馬渓」、そして明治期の最後の「ホトトギス」にはやはり巻頭に「死に絶えた家」が載っている。これらは写生文と言うべきか小説と呼ぶべきか、やや迷うが、おそらくどっちであってもいいのだろう。彼は第十五巻第七号に「道後温泉」

を書いているが、この作品は「道後温泉」という題名の下に〈写生文？　小説？　写生文！　小説！〉とある。俳句から写生文へ、そして写生文から小説へという展開を虚子は意識していたが、写生文から小説への展開は「道後温泉」の例のように曖昧であった。というか、虚子の写生文、小説は「写生文？　小説？　写生文！　小説！」という感じだったのだ。つまり、写生文、小説のどっちであってもよい、出来がよければよい、という姿勢だ。別の言い方をすれば、散文を書く虚子の基本の姿勢は写生文を書く姿勢だった。その姿勢のままに小説も書いた。だから、先に挙げた「子供等に」も「耶馬渓」も「死に絶えた家」も写生文であって同時に小説でもあった。

「此間父さんは霞が浦に旅行をした。其お話しをして聞かさうか」。これは「子供等に」の書き出しだが、旅先の船中で出会った二人の人物がとっても印象的だ。その一人は前歯が二三本しかない五十過ぎの男。元弁護士だったらしいが、今はこの地に流れて来ている「落伍者」が彼。彼は名刺をくれるが、自分のではなく、この人を無賃乗車させるように、という某駅長の名刺だった。「自分の名を知らす序《ついで》に××駅長の無賃乗車の紹介をも示したのは、僅にさういふ所に残つてゐる自分の勢力を父さんに示して哀れな誇《ほこり》を満足させようとしたのであらう」。この作品の語り手・父さんは男の「哀れな誇《ほこり》」に打たれる。

父さんでも其うち此辺へ落ち延びて来て、川蒸汽の中で人をつかまへて気炎を吐くやうなことになるかも知れぬ。考へやうによればホトトギスといふ雑誌も一の川船かも知れぬ。……斯《こ》んな話は判らないかい。

子どもには分からない話だろうが、子規の同門のボクとしては、とってもよう分かると頷きたい。この当時の虚子は、たしかに危うい所に立っていて、中年の危機をなんとか乗り切ろうとしている。もしかしたら、虚子の乗る船は「雑詠欄」によって水路が開く？

3　進むべき俳句の道

俳句に戻った虚子

時代は大正に移った。大正二年（一九一三）一月の「ホトトギス」（第十六巻第四号）の巻頭に次のような「高札」を掲げた。高札とは聞きなれない語だが、掟や禁制を板に書き、市場、辻、橋詰などに掲げたもの。江戸時代のものが有名だが（時代劇によく出る）、『日本国語大辞典』によると明治六年（一八七三）に公的には撤廃されたという。つまり、虚子はやや古めかしい高札なるものを立てたのである。

一、虚子全力を傾注する事
　　虚子即ホトトギスと心得居る事
一、号を重ねる毎《ごと》に改善を試むる事

ゆく〳〵は完備せる文学雑誌とする事

一、新年号の外《ほか》は如何なる事情あるも定価を動かさゞる事
漫《みだり》に定価を動かすは罪悪と心得居る事

一、毎号虚子若《も し》くは大家の小説一篇を掲載する事
これは大正二年より新計画の事。大家の原稿を請ふ場合には
乏しき経費のうちより原稿料をしぼり出す事

一、写生文壇を率ゐて驀進する事
このうちより専門家、非専門家の文豪を輩出せしむる事

一、平明にして余韻ある俳句を鼓吹する事
新傾向句に反対する事

一、「さし絵」を一芸術品として取扱ふ事
常に新味を追ふ事

虚子の関心は相変わらず写生文、小説に向かっているが、碧梧桐らの「新傾向句に反対する事」という条文は「ホトトギス」の俳句を鮮明に示したものだろう。

虚子は三月の「ホトトギス」（第十六巻第五号）に「暫くぶりの句作」を発表、俳句に戻ったことを具体的に告げた。ちなみに、この号にも巻頭に高札に似た記事がある（一頁に大きく印刷されている）。

一、本誌は写生文に立脚して小説にも戯曲にも力を延ばさんと欲す。
これ本誌半面の事業なる事。
一、本誌は平明にして余韻ある俳句を鼓吹して俳界の王道を説かんと欲す。
これ本誌半面の事業なる事。

虚子は「ホトトギス」のあり方を模索しているのだが、こんどは戯曲にも力を入れると言う。実はすでに「女優」（第十五巻第四号）、「鳥羽の一夜」（第十五巻第五号）、「お七」（第十五巻第七号）などの戯曲を彼は書いていた。それはともかく、「ホトトギス」の二つの方向がはっきりと示されている。

さて、「暫くぶりの句作」だが、この年の一月に鎌倉の自宅で思い立って句会を開いた。続いて二月九日には群馬県前橋市の俳句大会に出て句を詠み、その翌日は栃木県の大平山で句会をした。二月十一日には東京・芝浦の三田俳句会に出た。続いて十八日、二十六日にも句会に出た。「暫くぶりの句作」は以上の句会で詠んだ句を自分で解釈してみせたもの。末尾で虚子は「今の句界には余の如き傾向を取る句に対し同情を持つ人が余り多く無い」と述べ、だから自分で句の意味を解釈するほかはないのだ、と言葉を足している。新傾向の俳句、そして雑詠欄へ寄せられる多くの俳句と比べて、虚子の望む傾向の俳句（平明にして余韻ある俳句）は少数派だ、と虚子は自覚していたのだ。

積む萱《かや》も大破の屋根も時雨けり

霜降れば霜を楯とす法《のり》の城《しろ》
春寒や松原出でゝ水田べり
春風や闘志いだきて丘に立つ
大寺を包みてわめく木の芽かな

どの句も平明だが、「法の城」だけは分かりにくい。法の城は法城、すなわち寺院のこと。虚子は仏法を守る僧を思うと、最近の「余の心持にぴつたりと合つて一種の感激を覚える」と言っている。彼は「ホトトギス」を自分の一種の法城と思っている。ちなみに、春風の句については、これも「法の城」の句と共に「現在の余の消息」だと述べている。そして、「余は闘はうと思つてをる、闘志を抱いて春風の丘に立つ、句意は多言を要さぬことである」と言った。俳句において、そして写生文をもとにした小説や戯曲において、彼は「ホトトギス」という城に拠って闘おうとしている。

ここで、虚子が反対している新傾向の句を見ておこう。

樹海飛で沼気知る鳥青嵐　　地橙孫
日脚追ふ蔓伸びも怪体青嵐　　桜磈子
二三帝陵への下車駅や池沼青嵐　　飛南渓
筆を弄ぶ師の顔成りし昼寝せり　　和露

湖中岩の出没鮓桶も洗へばぞ　花渓楼

「層雲」大正二年（一九一三）一月号の「俳談会記事」から挙げた。この記事は碧梧桐、六花、碧童、井泉水などが右に挙げた句などを合評したもの。最後の句について、いい句だけれども出没の音が少し舌に障る、という碧梧桐の意見に対して、六花は、自分はこのままでいいと思う、屈折のある調子が好きだ、と言っている。今はこれ以上は考えないが、ボクの感想は、難解な感じばかりが目立って、これらがいい句とは思えない。ちなみに、先の虚子の句は難解さがなく、意味的には平明だが、「春風や」の句以外はさほど魅力を覚えない。春風の句は作者の心境を離れて読むことができる。たとえば高校のサッカー部の部員の闘志と読んでもよいし、新入社員のやる気の句と見てもよい。五七五の言葉の多義性、それがこの句が虚子の代表句の一つになっている理由だろう。

この後、虚子は「暫くぶりの句作」で見たように句会を中心にして句を詠む。虚子のスタイル、つまり俳人としての姿勢はこのあたりで決まり、それが終生続いた。その俳人・虚子のスタイルを簡潔に表現するとしたら、選者ではないだろうか。俳人になった虚子は実は選者になったのだ。後年、虚子は雑詠が始まったころを回顧して語っている。

選者・虚子

私の二十二、三からこの三十七歳頃までの間は、紆余曲折が多かった時代でありまして、決して坦々たる道を歩んできたとは言えないのでありますが、この雑詠の選に専ら力を尽すようになってからは、私の道がほぼ極ったような心持がしまして、今日にきているのであります。雑詠の選をしておる中に、だんだんと違った投句家諸君に出会ってきて、それ等の人々の歩んでゆく道をよく見定めて、そちらに歩んで行ってはいけない、こちらに歩んでくる方がよかろう、諸君の道はこの方角にあるのだ、ということを見極めてゆくことは、私においては左程困難なことでなく、決してそれは労苦ではなく、やり甲斐のある楽しい仕事であるのでありまして、今日まで約四十年間つづけてきていて、あまり倦怠を感じないのであります。

引用したのは昭和二十九年（一九五四）に書いた『虚子自伝』の一節である。この自伝では丸の内ビルの「ホトトギス」発行所に通勤する自分のようすを次のように書いている。

朝飯をすますと、鎌倉原の台の家を出て停車場に行って、汽車に乗込んで上京する。包の中には何冊かの雑詠の句稿が入れてある。その包をほどいて赤鉛筆をとり出して、選句にかかる。選句に没頭してすべてのことを忘れている間に東京駅に着く。すぐ前の丸ビルのホトトギス発行所にゆく。夕方になると鎌倉に帰る。そんな単調な生活をつづけてきたのでありました。

このすぐ後で「人の句を選ぶということは、ほとんど私の主な仕事となった」とも述べている。「ホトトギス」第十六巻第八号（大正二年（一九一三）六月）を見ると「今回雑詠投句数四千七百六十句」とある。そのうちから百二十余句が当選（入選）、掲載されている。入選句のほかにほぼ同数の雑詠予選句が載っている。虚子曰く、「当選句よりも予選句の方に却つてよきものありなどいふ批評家必ずあるべし。併し余の趣味を標準としては断じてさる事無し」。つまり、選者の選は絶対なのである。俳句はたいていの句が多義的であり、読みが揺れる。言葉数の少ない俳句のそれが特色だが、選者において揺れは止まり、読みが安定する。読みの絶対的な権威、それが虚子という選者だった。

ちょっと横道にそれるが、今日の俳人も基本的には読みの専門家である。というか、その人なりの読みが一定の人気を博している人だ。こうした読みの専門家がいないと、俳句の読みはばらばらになり、どの句がいいのか分からなくなる。ボクの言い方をすれば、本来的に片言的な表現である俳句のそれが定めなのだ。

「進むべき俳句の道」

虚子は大正四年（一九一五）四月から「進むべき俳句の道」を「ホトトギス」に連載する（大正六年八月まで）。これはかつて子規が自分のグループの俳人たちを世間へ推し出した評論「明治二十九年の俳句界」の大正版、虚子版であった。雑詠欄に登場した渡辺水巴、村上鬼城、飯田蛇笏、長谷川零余子、石島雉子郎、原月舟、前田普羅、原石鼎、西山泊雲、奈倉梧月、長谷川かな女などを虚子は推した。

虚子は、明治の子規の時代の句に比べて、雑詠欄の俳句は主観的であると言う。「進むべき俳句の道」では冒頭でその主観的という特色を論じている。

或日法庭に春の赤き日沈みけり　未灰

この句は再開した雑詠欄の最初に載った句である。この句については先に「未灰の裁判所の夕日は、俳句にはまだ珍しい同時代の風景だが、裁判に負けたという余意があるのだろうか」とボクは述べたが、虚子は、作者はふとしたことから法庭に立たねばならなくなり、ある日その法庭で夕日を見ただが、「法庭に春の入日を見たりけり」などという事実だけでは満足出来ず、「春の赤い日が法庭に沈んだ」と言わねば承知出来なかった。悲惨事に直面した作者の熱した感情が夕日を特別の色にし、「入日が直ちに作者の心となつて、真赤な色をして法庭に沈んだ」。法庭に沈む赤い夕陽を作者の悲惨な心のイメージとして虚子は読んでいる。ボクは裁判に負けた感情かと思ったが、ボクの読みは虚子の読みに近い気がする。

ところで、「進むべき俳句の道」の虚子は、それぞれの作者の特色を見定めることを選句の方針とした。一つの方向を示すのではなく、いろんな方向、いろんな道を示すこと、すなわち「種々雑多の違つた道を指定」したい、というのである。しかも、虚子には、「時代々々の新趨向を明《あきらか》にして行くことを怠れば忽ち俳句界は沈睡する」という思いがあった。碧梧桐たちの新傾向に対して虚子の取った一見保守的な姿勢は、実はそれが当時の新趨向であった。趨向は傾向と同義だが、碧梧桐らの新傾向が広がった中で、虚子は新しい趨向を保守的に見える俳句において明らかにしようとしたのであった。つまり、進むべき俳句の道は全体として新傾向であった。

雑詠は虚子の予想を超えて多くが集まったのではないか。だから、雑詠の応募句数は当初は一人五十句までであったが、一人二十句までになり、そして一人五句までと減少している。また、いわゆる入選句のほかに「雑詠予選句」を掲載するようになった。「ホトトギス」に俳句の数が急速に増え、大正期のこの雑誌は俳句雑誌らしくなってゆく。でも、虚子の思いはまだ俳句よりも写生文や小説にあった。

雑詠選集

虚子はせっせと雑詠の選をした。それらの雑詠を集めて大正四年（一九一五）十月、『ホトトギス雑詠集』（四方堂）を出した。続いて大正十一年（一九二二）九月『雑詠選集』（実業之日本社）を出した。前者は大正四年五月までの、後者は大正五年六月から大正七年九月までの作品を雑詠欄から選んだもの。いずれも類題句集だが、後者の夏の部の冒頭（三十四〜三十五頁）を挙げておこう。

夏至　白衣着て禰宜《ねぎ》にもなるや夏至の杣《そま》　蛇笏
日盛　日盛《ひざかり》や所かへたる昼寝犬　蛇笏
炎天　炎天に穴一《あないち》の穴日かげかな　鬼城
　炎天や大地濁して煙影　泊露
旱　胡蘿蔔《にんじん》の萌え出て消えし旱《ひでり》かな　俳小星
　旱雲を悲しと見つゝ鰻《うなぎ》掻く　歌汀
暑さ　麦飯のいつまでも熱き大暑かな　鬼城

念力のゆるめば死ぬる大暑かな　同
暑き日や沙弥の刈伏す枳殻《きこく》垣　同
崖暑し土をこぼして蛇去りぬ　的浦
ぜんまいに似て蝶の舌暑さかな　我鬼
茄子《なす》畑に晩涼の糞一ト流し　浜人
倒《さかしま》に時計かけたる庵涼し　肖也
舳上《へさきあが》りに波乗りしいて舟涼し　雨人
涼風や主客花茣蓙敷きもあへず　愛児
富士を真向《まむかい》に見て夕著《しる》く駅涼し　虚子

涼しさ

飯田蛇笏の「日盛や所かへたる昼寝犬」は、日がかんかん照っていて、犬が日陰へ昼寝の場所を変えたという光景。村上鬼城の「念力のゆるめば死ぬる大暑かな」は気持ちがゆるむと死んでしまうほどの暑さだ、という句意。我鬼は芥川龍之介の俳号である。ボクはこの句の「ぜんまい」を金属のゼンマイ（発条）と思い、金属の光が暑さを強調していると読んできたが、虚子はどのように読んだのだろう。暑さで干乾びた夏の薇《ぜんまい》を読み取ってもいいだろうが。以上の三句を少し面白いと思うが、そのほかの句はなんということもない平凡な作ではないだろうか。ちなみに、虚子の句は読みづらい。「真向」はマエと読ませるのかも。そのように読んでも破調で難解だ。なんだか碧梧桐らの新傾向に近い気がしておかしい。

雑詠選集は、昭和三年（一九二八）三月に『虚子選雑詠選集第一集』（実業之日本社）が出た。これは先の雑詠選集二冊を合冊にしたものだった。続いて同年六月に『虚子選雑詠選集第二集』がやはり実業之日本社から出た。この第二集には付録として「進むべき俳句の道（摘載）」が巻末に付いている。この集の夏の部を開くと、原石鼎、柴田宵曲、竹下しづの女、杉田ひさ女、後藤夜半、日野草城、高浜としを、阿波野青畝、池内たけし、水原秋桜子、皆吉爽雨、本田あふひ、岩木躑躅、田村木国、島村元、大橋桜坡子、山本梅史、石原月舟、中村汀女、中村若沙、清原枴童、本田一杉、西山泊雲、久保より江、金子せん女などの名がある。先の第一集に登場していた俳人を加えると、昭和初期の雑詠欄の賑わい、いや活力をこれらの名から感じる。彼らは雑詠欄に登場し、やがてそれぞれの道を開いて行く昭和の代表的な俳人だ。つまり、虚子の雑詠欄のピークは大正から昭和初期にあったのではないだろうか。

雑詠選集はその後も発行される。昭和六年（一九三一）五月から翌年四月まで『ホトトギス雑詠全集』全十二冊が出る。これは非売品でホトトギス雑詠全集刊行会の発行だった。昭和八年には『続ホトトギス雑詠全集』全四冊がやはり刊行会から、昭和十年にも『第三ホトトギス雑詠全集』全四冊が刊行会から出た。そして昭和十三年から十八年にかけて、『ホトトギス雑詠選集』春・夏・秋・冬の四冊が改造社から出た。これは今までに挙げて来た雑詠選集から秀句を選んだものであり、虚子は最初に出た春の部の序で、八月いっぱいは句会などを休み、山中湖とか元箱根に籠って選を進めたと書いている。同じようにして四冊が完成し、現在は朝日文庫に入っていて広く親しまれている。だが、ボクの印象では昭和三年発行の『虚子選雑詠選集第二集』が一番活気を帯びている。この選集には先に見たように虚子の句も出ており、虚子が投句者と張り合っている感じがする。改造社版には虚子の句がなく、虚子は選者という高みにいる。だが、その高みは俳人としては後退なのかもしれない。昭和十年代には新興俳句が流行するが、その新興俳句の核になった俳人は水原秋桜子、山口誓子、日野草城などの雑詠欄育ちの俳人たちであった。彼等は虚子を超えて進むべき俳句の道を開いた、と言っていい。

雑詠選集はなおも出される。昭和十六年（一九四一）には『新選ホトトギス雑詠全集』全九冊が出る。昭和十七年には『ホトトギス雑詠年刊』上・中・下を出すが、翌年もほぼ同じような雑詠年刊を出している。

大正時代に入って再び俳句にかかわるようになった虚子は雑詠の選者であった。選者の仕事に営々と打ち込んだ稀な俳人、いや選者だった。

第九章　復活した大家

1　小説「虹」

虚子の復活

敗戦後、虚子はちょっと意外な感じで復活した。小説の大家として文壇に再登場したのだ。虚子が小説家として活躍したのは明治四十年（一九〇七）から大正六年（一九一七）ごろまでの十年余りであった。もちろん、その時期以降も文章は書いたが、それは「ホトトギス」の圏内で読まれた写生文であった。

虚子の小説家としての復活をもたらしたのは小説「虹」、そして「虹」の執筆を促したのは大佛次郎であった。「虹」は大佛次郎の編集する小説の雑誌「苦楽」の昭和二十二年（一九四七）一月号に載った。挿絵を伊東深水が描いている。

今、その「苦楽」の目次を見ると、ずらっと並んだ小説の冒頭に「小説　虹」がある。この「小説虹」だけは特別にかっこで囲っている。つまり、この号の目玉の作だった。「小説　虹」の高浜虚子の後には釋迢空、吉井勇、久保田万太郎、菊池寛、村松梢風、林芙美子、加藤武雄、長田秀雄、ささきふさ、宮川曼魚、大佛次郎の名が並ぶ。迢空は「芦川行幸」という戯曲を載せているがほかの人たちは小説である。

雑誌「苦楽」は大正十二年（一九二三）に創刊、昭和三年（一九二八）まで続いた大衆文芸誌だった。江戸川乱歩、横溝正史らの探偵小説のほかに泉鏡花の「眉かくしの霊」、今東光の「異人娘と武士」、薄田泣菫のエッセー「茶話」などがこの雑誌に載った。太平洋戦争後の昭和二十一年（一九四六）、「苦楽」のかつての寄稿者であった大佛次郎が中心になってその復刊がはかられた。『日本近代文学大事典』によると、「大戦後の外国謳歌の趨勢に抗して『頑固で旧弊な日本人の雑誌』という気概から、大佛次郎がはじめたもの」と解説している。「苦楽」創刊号の「編輯後記」には大佛次郎が「座雨蘆」と署名して次のように書いている。

「苦楽」は青臭い文学青年の文学でなく社会人の文学を築きたいと志してゐる。なまぐさくつて手がつけにくいと云ふ代物《しろもの》でなく、洗練と円熟を求めてゐる。文学に縁のない生活をしてゐる読者が読んでも、素直に平明に文学なり人生の明るい理解に立ち入り得ると云つたやうな小説を生む機縁と成れば難有《ありがた》いのである。

洗練と円熟を達成した「社会人の文学」、それが大佛次郎が雑誌「苦楽」で求めた小説であり、その求めの対象の一つが虚子の小説であった。

小説「虹」が載ったのは復刊した「苦楽」の第三号、すなわち昭和二十二年（一九四七）の新年号であったが、評伝『大佛次郎』（ミネルヴァ書房）に虚子の登場についての裏話が出ている。「虚子さん、どうだろう」と言い出したのは大佛次郎で、「さあ、小説はどうでしょう。長い間書いてないから」と編集部は二の足を踏んだらしい。しかし、大佛は積極的で、虚子に直接お願いし、また虚子の次女の星野立子に手を回したりして、「やっと書いてもらった」という。

大佛次郎

大佛次郎との縁は次男の池内友次郎を介して出来ていたのかもしれない。友次郎の『父・高浜虚子』（平成元年（一九八九））によると、音楽への夢を抱いていた中学生の友次郎は、鎌倉に住んでいた大佛次郎の知遇を得、「君、作曲家になりたまへ」と勧められたという。当時、大佛次郎は「まだ無名に近く、私は大佛氏を野尻さんと呼んでいた」と友次郎は書いている。

小説「虹」の世界

さて、「小説　虹」である。その書き出しを引こう。

雑誌「苦楽」では「小説　虹」と表記されていて、

小説であることを強調している。

愛子はお母さんと柏翠と三人で、私と立子《たつこ》を敦賀まで送ると言つた。それに及ばぬ、疲れてゐるであらうから美佐尾と一緒に福井で降りて三国へ帰つた方がよくはないかと言つたのであるが、強ひて敦賀まで送ると言つた。福井を過ぎると汽車も大分すいて、私等は片方に腰を掛け、その向ひ側には愛子とお母さんと柏翠とが腰を掛けた。

愛子も柏翠も私等に別れともないやうな素振りが見えてゐた。私等はこれから芭蕉二百五十年忌法要に列席するため近江、京都、大阪、伊賀と旅行を続けるので、柏翠も同行したい容子であつたのだが、其健康が心配であつたのでそれとなく之を止《と》めた。愛子も柏翠と同じ病気で此の間も交る〴〵臥せつてゐたといふ話を私等は聞いてゐたのである。私は愛子の裏の二階で、九頭龍川の吹雪の壮観を是非見せ度いといふことを言つた時分に、そんな時電話を鎌倉にかけて、今吹雪がしてゐますと知らせてくれゝばいゝではないか、と言つたら、それでは今度はさうしますと言つたことを思ひ出した。

右が「小説　虹」の冒頭である。この後、「小説　虹」はたちまちクライマックスを迎える。「それでは今度はさうします」という愛子の言葉が意外な展開をするのである。

その時ふと見ると、丁度三国の方角に当つて虹が立つてゐるのが目にとまつた。

「虹が立つてゐる。」

と私は其方を指した。愛子も柏翠もお母さんも体をねぢ向けて其方を見た。それは極めて鮮明な虹であつた。其時愛子は独り言のやうに言つた。

「あの虹の橋を渡つて鎌倉へ行くことにしませう。今度虹がたつた時に……」

それは別に深い考へがあつて言つたこと〻も覚えなかつた。最前から多少感傷的になつてゐるところに、美しい虹を見た為めに、そんなおとぎ噺みたやうなことが口を衝いて出たものと思はれた。私もそこに立つてゐる虹を見ながら、其上を愛子が渡つて行く姿を想像したりして、

「渡つてゐらつしやい。杖でもついて」

「え〻、杖をついて……」

愛子は考へ深さうに口を噤んだ。

「私」は「おとぎ噺みたやうな」世界へすっと入って行く。「渡つてゐらつしやい。杖でもついて」と話したことで。「小説　虹」が描くのはまさにおとぎ話のような恋の世界であるが、この冒頭のくだりは「愛子とお母さんと柏翠とは敦賀で降りた。さうして私と立子との乗つてゐる汽車がそのま〻発車して京都へ向ふのに淋しく手を振つてゐた」と終わる。

この後、三国に住んでいる愛子、柏翠、愛子のお母さんのことが書かれる。愛子と柏翠は同じ病

（肺結核）にかかっており、二人は相思相愛だが結婚はしないで同棲している。美佐尾は愛子を世話する親切な俳句仲間、そして立子は虚子の娘の俳人、星野立子である。この一行は山中温泉であった句会に出るが、宴会の席で愛子のお母さんは「私」のために謡い、そして舞った。愛子もお母さんといっしょに踊る。お母さんは「三国で鳴らした名妓」であった。「私」は踊る二人を見て泣いた。そばにいた立子も泣いた。愛子もまたいつまでも泣き続けていた。「私は何故泣いたのか、恐らくそれは酔ひ泣きといふものであらう」と書かれている。「小説　虹」の先に引いた冒頭の場面はこの宴会の翌日、南下する列車に六人が乗った場面であった。「小説　虹」は次のような後日の出来事で終わる。おとぎ話のような恋が続いている。

其後私は小諸に居て、浅間の山かけて素晴らしい虹が立つたのを見たことがあつた。私は愛子に葉書を書いた。其には俳句を三つ認めた。

浅間かけて虹のたちたる君知るや
虹たちて忽ち君の在る如し
虹消えて忽ち君の無き如し

ちなみに、「小説　虹」を虚子が書いた昭和二十二年（一九四七）、彼は七十三歳だった。古希を過ぎた老人の恋、それが「小説　虹」だった。

「虹」は好評だった。先の『大佛次郎』によると、久米正雄、高見順などが激賞したというし、川端康成は角川文庫『虹・椿子物語他三編』（昭和三十一年（一九五六）十一月）の解説で「老来『虹』などにいよいよ匂ふ若さと艶とは世阿弥などの言ふまことの『花』であらうか」と評した。

小説集『虹』　「小説　虹」に続いて、虚子は「苦楽」三月号に「小説　母の五十年忌」、七月号に「小説　音楽は尚続きをり」を書いた。そしてこの年十二月に苦楽社から小説集『虹』が発行された。次がその目次である。

虹
愛居
音楽は尚ほ続きをり
桜に包まれて

「愛居」は昭和二十二年（一九四七）一月に「小説と読物」に、「桜に包まれて」は昭和二十一年七月の「ホトトギス」に載った。「虹」「愛居」「音楽は尚ほ続きをり」の三篇は愛子を主人公とするが、「桜に包まれて」は皮膚病の治療を新潟医科大学の皮膚科で受ける話。新潟医科大学には門下の俳人の高野素十、中田みずほなどがいた。これは小説と呼ぶよりも、日記形式で書かれた写生文と呼ぶ方がいいかもしれない。そんな一篇が『虹』に入っているのは、小説のことが何度か話題になっている

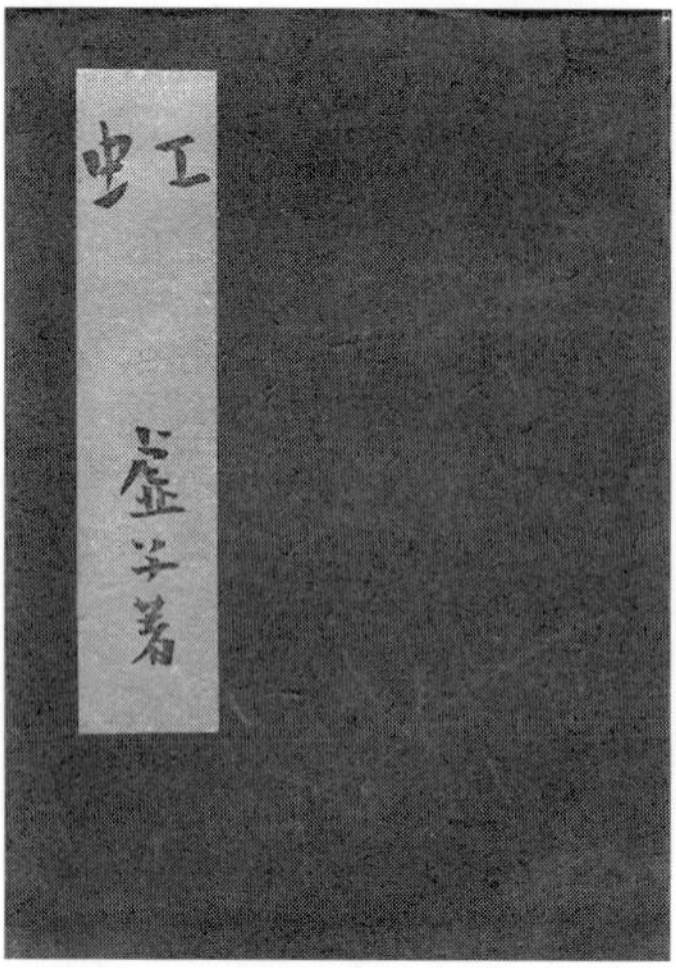

小説集『虹』表紙

雑誌「苦楽」表紙

からだろう。たとえば「四月十九日」には「私は又腹案の短編小説の筋を話した」とある。「四月二十一日」の記事中にも「昨日みづほ君に話した短い小説でも執筆して見ようと考へて居たのであるが、実際入院して見ると仲々用事が多くて、さういふ暇は無かつた」とある。ちなみに、入院して各種の検査などを受けた結果、「大体に於て年の割合には壮健な方」という診断結果がくだされる。虚子は書いている。

　萎縮腎の初期と極れば、まだ二三年の命はあるものと考へていゝかも知れぬ。宜しい。明日から又働かう、働かうといふよりも、働かねばならぬことになつた、と考へた。

　明日からまた働かねばならない、という思いの中で小説「虹」が育ったのだ。そのことを示すために療養日記ともいうべき「桜に包まれて」を小説集『虹』の末尾に虚子は収録したのだろう。

2　「国子の手紙」

小説と俳句

虚子は昭和二十二年（一九四七）四月から十一月にかけて、国民雑誌を称した雑誌「伝記」（菁柿社）に「虚子自伝」を連載した。これは翌年に単行本『虚子自伝』となるが、その連載の最終回の末尾で次のように書いている。

この頃大佛次郎の奨めで『苦楽』という雑誌に「虹」という文章を出しました。少し艶があるためか、人はそれを小説とよびますから、私もやはり小説とよぶことにしています。……
私はかねがね俳句と文章の二つは私につきまとうておる二筋のものであって、馬琴の謂わゆる絢える縄の如し――というその絢える縄を形づくっている二筋のものだと考えておるのでありました。また他人から強要されればあるいはまた小説に筆を執るようになるかも知れぬということを、ひそかに恐れていたのでありました。しかしながら俳句の選、殊に雑詠という大きな道は私の前に現存しているのであります。

昭和二十二年現在、すなわち七十三歳の現在の心境を右のように吐露しているのだが、小説家になることは少年時代からの夢であった。その夢が大佛次郎の奨めをきっかけにして再び現実のものなろうとしている。そのことを「ひそかに恐れていた」と書いたのは、未知の世界へ踏み出すことになるからだろう。同時に、もう一つの大きな仕事である「俳句の選」とぶつかるから。

明治の末に小説を書き始めたとき、虚子は俳句から離れてしまったが、そうしたことが再びあるかも、と恐れているのだろう。ちなみに、虚子は自分の俳句に関わる仕事を「俳句の選」と呼んでいる。俳句を詠む（作る）ことよりも選をすることのほうが重い。それが戦後の、つまり晩年の虚子の俳句の実際であった。前年、すなわち昭和二十一年（一九四六）には「ホトトギス」六百号記念俳句大会が全国で行われ、虚子は六月から十二月まで各地の大会に出席しているが、それがまさに選者としての端的な活動であった。この選者としての活動は結社向けというか、俳句の門下が相手だった。それにたいして、小説の執筆は、不特定読者を対象とする文芸誌においてであった。小説の執筆は虚子を結社や俳壇の外へ押し出した、と言ってよいだろう。

小説「国子の手紙」

虚子は昭和二十二年（一九四七）十二月の雑誌「文体」（復刊第一号）に「作家の日記」（戸隠行）を載せているが、翌年十二月発行の第三号には創作「国子の手紙」を載せている。「文体」の目次を見ると大岡昇平の「野火」、北原武夫の「背徳者」、虚子の「国子の手紙」、舟橋聖一の「堀江まきの破戒」の四篇が「創作」として括られている。

雑誌「文体」は昭和二十二年から二十四年にかけて全四冊が発行されたが、先に挙げた小説のほかに小林秀雄の「ゴッホの手紙」、高見順の「わが胸の底のここには」、宇野千代の「おはん」などが載った。雑誌としては短命に終わったが、当時の小説家の代表作と言ってもよい作品が掲載されている。その中に虚子の「国子の手紙」もあった。

創作、つまり小説「国子の手紙」は「こゝに国子といふ女があつた」と始まる。「六年間に二百三十通」もよこした国子の手紙を紹介しながら、手紙を受け取った「私」の思いなどがその手紙の後の（　）の中に書かれている。先の冒頭の文の後は次のように続いている。

その女は沢山の手紙をのこして死んだ。その手紙は昭和九年から十四年まで六年間に二百三十通に達してゐる。私は人の手紙を見てしまふと屑籠に投ずるのが普通であるが、ふとこの人はをかしいなと思ひはじめてから、その手紙を机の抽出しに投げ込んで置いた。それが六年の間に其の抽出し一杯になつてそれだけの数に達したのである。そのをかしいなと思ひはじめるまでの手紙は、屑籠に投じてしまつたのであるから、それを加へたらもつと沢山の数になるのである。

国子は「女流俳人のうちで優れた作家であるばかりでなく、男女を通じても立派な作家の一人であつた」。その国子が昭和二十一年に死んだ、という知らせがあった。その知らせを受けて、この手紙をどうしたものか、と考えた「私」は、「差支ない部分だけを発表して見ることにしようと考へ」、遺族の了解を得た。以上のような「私」の述懐についで、母（国子）の死を伝える娘の手紙、そして母の手紙の発表に同意、母の句集の発行にご意見をいただきたい、という娘の手紙が掲げられる。では、最初の国子の手紙を見よう。極端に一途に先生「私」を慕い、先生への思慕が不意に激情になる、それが国子の手紙の特色だ。

つい先生の御恩に馴れてお甘へ申上げるやうな私の我儘な心持ちを空恐ろしくも存じ上げつゝ、又私はもつと〳〵弟子として、師から愛されたいといふ願ひがつのつて来るのであります。

先生は一面お暖かくおやさしくお在り遊ばしつゝ、他の一面、先生ほど冷静な秋水のやうな冷たい方はないと私は存じ上げます。淋しくもなります。

十数年来先生のお教へをうけてゐる私は、先生をお慕ひ申上げつゝ、又時には先生のお冷たさに近づき難い感じが致します。

句集〝月光〟が万一出版の運びになりますなら、私は序文をいたゞくか、序文は頂けずとも、せめて題目〝月光〟といふ字だけは御染筆願ひたいと思ひます。私の月光を浴びつゝ育つてゆく心持を、自序の中に認めて、御師たる先生へ捧げる小さい句集を作りたく存じ上げます。

月光の身に沁む如き静かな思ひ、観世音菩薩の如き女性の美しさを私の句集一巻に籠めたいといふ私の願ひを、どうぞ我儘ながら許して頂きたうございます。春蘭の香りと清節、梅花の気品、龍胆の瑠璃を愛し、月光を愛づる私は、装幀にその心を現はしたいと思ひます。

私は只先生の前にひれ伏して、先生のお伴申上げ、お足跡をお慕ひして参ります。

先生の御身辺に侍される方も多く、又御鍾愛の方々も全国に沢山お出で遊ばすことで御座いますから、私は唯師恩の深さを身に引締めて、遙かに先生の御長寿御健勝をお祈り致します。

私の文章を余りお削り下さることは私の性格として非常に不愉快に思ひます。私は先生と反対の立場の人々とも親しみ、全国的に多くの知己もありますから、色々な話を絶えず耳に致しますので、僭越を忘れて言上します。

先生の偉大な包容力は多くの女流を包容し、先生の愛の御手は八方へ伸びて多くの女流を御手のうちに押へて御出でのことを考へますと、急に私の心は冷めたくなり、つい我儘にも氷のやうな冷めたさで先生に御対し申上げたくなります。

大名の猫も、花の置炬燵も、菊の花、浪速の花、宮城野の萩も、鳩も、何もかも先生にはなくてはならぬ多年御愛蔵の品々でございませう。


ほぼ三分の二を引いたが、師と弟子の距離がところどころで無くなっている。たとえば先生ほど冷たい方はないという言い方、僭越を忘れて言上した不愉快、師を囲む女流を愛蔵の品々と表現したことなど。師から愛されたいという思いが激情になって、師との距離を無くしているのだろう。別の手紙では「私は唯芸術に奉仕し久遠の俳句に向ふばかりであります。先生御自由にお突落し下さいまし。先生は老獪な王様ではありませふが、芸術の神ではありませぬ。私は久遠の芸術の神へ額づきます」とまで述べている。先生としては、じゃ勝手にしたら、と言いたくなるもの言いではないだろうか。このような距離の無さを「私」は「奔放」「放埒」と呼び、「普通の状態とは違つてゐる」と見た。

国子の手紙を紹介した「私」は、これらの手紙は「決して国子を悪るい意味で世に伝へることになりはしないと考へる。当時（手紙を貰った当時――坪内）の私にとつては或る意味に於て厄介な存在であつたが、国子亡き今日に在つては凡て其等は消え去つて、唯一図に私を信頼してゐた憐れな一婦人をのこすのみとなつた」と述べている。

愛の小説

「憐れな一婦人」という言い方は、国子が手紙で指摘していた先生の冷たさを感じさせるかも知れない。でも、「憐れ」という虚子は愛を感じている気がする。虚子は生地の西ノ下にあった阿波の遍路の墓について、「遍路の身の上に特別の哀れな物語りがあつて、此辺の里人が憐れんで特に此碑をたてたものであらう」（「阿波の遍路の墓」昭和十三年〔一九三八〕）と述べている。哀れに虚子は共感する。虚子が若い日に魅かれた五十嵐十風、そして写生文「古川の奥さん」（明治四十二年〔一九〇九〕）の主人公などは、普通から逸脱した哀れな存在だが、そういう哀れな存在に虚子は強く魅かれる。哀れな国子は虚子の共感の対象であり、小説「国子の手紙」は「虹」をはじめとする愛子物に通じる愛の小説なのだ。だから、国子の手紙は「悪るい意味で世に伝へることになりはしない」のである。

国子のモデル

「国子の手紙」は愛子物を書いた流れの中で執筆されている。「国子の手紙」の先には昭和二十六年（一九五一）に書かれた「椿子物語」がある。「虹」「国子の手紙」「椿子物語」（この「椿子物語」については次章で触れる）は太平洋戦争後に小説家として復活した虚子の愛の小説三部作だ、と言ってよい。

もっとも、右のような私見には強い異論があるかもしれない。従来の「国子の手紙」の読みはもっぱら国子を実在の俳人、杉田久女《ひさじょ》としてきた。田辺聖子の評伝小説『花衣ぬぐやまつわる……わが愛の杉田久女』（一九八七年）、久女研究家の坂本宮尾の評伝『真実の久女――悲劇の天才俳人』（二〇一六年）などがその例だ。たしかに手紙は杉田久女のもので、国子は久女がモデルかもしれない。だが、「国子の手紙」のどこにも久女の名はない。田辺聖子は先の本で、おかしい精神状態にまで追い詰めたのは虚子であると指弾しているが、それはしかし、そうかもしれないし、そうでないかもしれない。虚子と久女の相互の関係がどうだったのか、その細部については知りようがないから。田辺はまた、「国子の手紙」は創作として独立できず、「虹」や「椿子物語」とは全く趣を異にする、とも述べている。はたしてそうであろうか。人は国子のようになりうる存在、いや国子のような存在がこの世にはある、と思えば、読みは一変するのではないだろうか。

「国子の手紙」のモデルなどをまったく考慮しないで読んだ人に作家の富士正晴がいる。彼は虚子論『高浜虚子』（昭和五十三年〔一九七八〕）で、「虹」などを書いたために「その女弟子に対する際限もない愛情の尾」が「国子の手紙」にまで及んでいる感じがする、と述べた。ボクはその感じに同感する。富士の意見を引こう。

（愛子の）虚子への慕情を描いているうちに、頭を病んでおり、時々わがままを手紙の中に爆発させるほどにまで虚子を慕って、遂に狂死した女弟子国子のことが浮かび上って来て、その手紙を配列することによって、一種の奇妙ないつくしみ（冷酷なほどのといいたいが、まあ冷淡ないつくしみといっておく）を発散しなくては済まなくなったものだと思う。

国子のモデルを久女とし、虚子と久女の関係をあれこれと詮索する読みから脱却したい。もう一度言うが、国子は久女ではなく復活した小説家、虚子の描いた（創作した）人物である。

第十章　老　艶

1　椿子物語

昭和二十六年（一九五一）九月、『椿子物語』（中央公論社）が出た。函入りの上製本、装釘は画家の津田青楓。目次は次の通りだった。

耄碌の発揮

椿子物語
新橋の俳句を作る人々
国子の手紙
虹
愛居

音楽は尚ほ続きをり
小説は尚ほ続きをり

『虹』（昭和二十二年）の続編ともいうべき小説集だ。ちなみに、「虹」「愛居」「音楽は尚ほ続きをり」は『虹』に収録されており、いわば再録である。今、話題にしたいのは「椿子物語」だが、この作品は「昭和二十六年五月二十六日稿」と末尾にある。この本のための書き下ろしということだろう。「椿子物語」は「私は鎌倉の俳小屋の椅子に腰を掛けて庭を眺めてゐた」と始まる。ついで書斎である俳小屋についての説明があり、俳小屋の庭は赤い椿が独占していると言う。その後を引く。

私は椅子に腰を掛けて、此の赤い椿の花を眺めてゐた。心はいつか旅路をさまよつて居るやうな感じになつた。其の旅路といふのは東海道とか中仙道とかいふのではないのであつて、自由自在に動いて行つて、とりとめもなく天地をさまよふ、といふやうな感じであつた。さうして此の赤い椿は私を取り囲んだ女の群になつて、いつも身辺に付き添うてゐるやうな感じであつた。

時空が変容しているこの感覚は一種の耄碌状態なのであろうか。時に虚子は七十七歳だった。ちょうどそのころ、虚子は人形作家の山田徳兵衛から七、八歳かと思われる女人形をもらっていた。虚子はその人形を椿子と名付け、本箱の上に置いていた。虚子はその椿子を次のような小唄にした。

女人形を　お側に置いて
明け暮れ眺めしやんすが　気がかりな
わしや人形に　悋気する

あるとき、座敷に椿子を飾っていたら、娘の立子が「お、、気味が悪い」と言った。それ以来、日暮れに俳小屋に入る時などに、自分も「こちらを見てゐる椿子を見ることがなんとなく気味が悪いやうな心持」がするのであった。気味の悪さは「虹」や「国子の手紙」などにある感情、すなわち普通から逸脱した感情に通じている。ちょっと怖いそのような感情に虚子は魅かれるのだ。

さて、椿子が来て三年がたった。虚子はふと椿子を叡子《えいこ》さんに贈ろうと思う。叡子さんは安積素顔《そがん》という俳人の娘だった。素顔は兵庫県和田山の旧家の当主だったが、目が見えず、娘の肩に手を置いて歩いた。虚子はかつて安積家を訪れたとき、その親子のようすを見ていた。素顔が亡くなった後、叡子さんが虚子を訪ねて来た。その場面を引く。「香葎君」はやはり和田山の俳人、古屋敷香葎《こうしん》である。

私は、此の日は俳句の会が午後からあるので、午からは外出せなければならず、香葎君、叡子さん、それに老妻をも加へて、四畳半で炬燵を取り囲んで、其の上でお惣菜の昼飯をしたゝめることにした。小さいコップに一杯づつの酒をついで御飯の前にその盃を挙げて互の健康を祝し、殊に叡子さんが何物にも煩はされずすくすくと素直に伸び育つて来たことを祝福した。それはほんの口を湿ほすほどの少量の酒であつたが、御飯をたべて居るなかば頃から、叡子さんの顔はだん〳〵と赤くなつて来た。老妻は笑つて

「まあ、叡子さん、まつかになつて」

と言つた。

叡子さんは黙つて頬をおさへ、席をかへて坐つたが、その顔は愈々赤くなつて来た。香葎君も笑ひ、私も笑つた。

私は此の時の叡子さんを美しいと思つた。嘗て素顔君に肩を貸して黙つて蓼川までの道を歩いて行つた時の陰気な淋しい面影は払拭されて、つゝましやかではあるが、快活で、それで今斯く目のあたりに見て、別に粧ひを凝らしてゐるとも思へない顔を真赤にして、一杯の酒の酔を持てあましてゐるらしい、それを大変美しいものと眺めた。

椿子は叡子さんに贈られ、和田山では椿子歓迎句会が開かれる。まさに椿子物語が展開するのだが、叡子さんを「大変美しいものと眺めた」そのまなざしは当世風に言えばセクハラに近いだろう。

前に話題にした『高浜虚子』の著者の富士正晴は、ボクがセクハラに近いと言った虚子の感情を、「女の弟子に対する一種の泪っぽい愛情であり、その愛情が何かジャジャ漏りといった風の抑制をこえたものであることにおどろく」と言っている。そして、「これは思ってみれば老齢のなせる業とい

ってもよい」と述べる。耄碌の発揮、ということだろう。ちなみに、ボクは耄碌をモーロクと呼び、おおいに発揮すべき老人の特権と考えている。

古帯の始末

ところで、「椿子物語」は小説なのか写生文なのか。虚子にとってはその区別はどうでもよかったが、ただ、写生文は自分が始めた、という意識が強かった。彼が生前に出した最後の写生文集『現代写生文集』（昭和三十年〔一九五五〕）の序で彼は書いている。

写生文といふ名は明治三十一年、「ホトトギス」を東京で出した頃より起つた名前である。従来行はれてをつた漢文体と称へるもの、又和文体と称へるものではなかつた。

俳句が写生を主とした如く、写生を主とする文章を、口語体で書いて見ようと志したものである。はじめは手帳と鉛筆を持つて街路上に写生に出掛けた。私の「浅草寺のくさぐさ」がそれであつた。併しこれはまだ従来の俳文まがひのものであつた。然しすぐ其のあとから言文一致になつて、全く口語体のものとなつた。

俳句は古典文芸であり、「ホトトギス」が創始したものではない。だが、写生文は「ホトトギス」発の文章だ、と虚子は主張している。『現代写生文集』は昭和二十年代以降の「ホトトギス」掲載の写生文から虚子が選んで一冊にしたもので、虚子を含む四十数名の作が集められている。虚子の作は八篇だが、なんと最初に置かれているのは「国子の手紙」である。先にボクは小説として「国子の手紙」を考えたのだが。ようするに、写生文と小説の区別は曖昧である。これも「老齢のなせる業」か。

虚子の写生文集には次のようなものがある。

・帆立貝　明治三十九年（一九〇六）
　坂本四方太との共著だが、虚子は「片々文学」五篇を収録している。
・朝の庭　大正十三年（一九二四）
　「カナリヤ」「病床の子規居士」などの三十篇からなる。
・二三片　昭和五年（一九三〇）
　長編「大連よりハルビンを経て京城」までと「丸の内」「別府温泉」「時雨をたづねて」を収録。
・新俳文　昭和八年（一九三三）
　序で「俳句が花鳥を諷詠するやうに、人生を諷詠した短い文章」、こんな文章も「俳文といつてよからうかと思ふ」と述べている。

　「一人の女が鍋を洗つて居る」と始まる水郷長島の洗い場風景を描いた「古江」など。
・紀行文・俳文　昭和十二年（一九三七）
　二十二篇の俳文を収録。序でここに収めた「二三年前から書き始めた俳文といふのは私の人生の旅をして行く間の断片的な記録である」と述べている。
・霜蟹　昭和十七年（一九四二）

箱に「高浜虚子小品集」とあり、序には「われの生活を描いた断片であるが、又ひとの生活を描いた断片ともいふことは出来まいか」とある。自分と他者が同じように対象化、客観化されている、ということか。

・小諸雑記　昭和二十一年（一九四六）

扉には「随筆小諸雑記」とある。

・昔薊　昭和二十七年（一九五二）

ボクが所持しているのは限定千部版の四九六と七六六。何故か二冊も買っている。

ボクが持っている物を挙げたが、未見のものがまだある。すぐれた俳文は一種の散文詩になっている、とボクは思っている。『新俳文』にある「古江」がその例だ。

『霜蟹』表紙

さて、『現代写生文集』の虚子の八篇のうちに「古帯」がある。八篇の最後に置かれている作品だが、これも遺憾なく「老年の業」を発揮している。

「古帯」は「私は使ひ古したものは或限界迄そのまゝ用ふることにしてをる」と始まる。もう三十年も使っている古帯もその一つで、ほつれが激しくなっており、老妻は新しいものに替えろ、と言い張る。娘が東京から新しい帯を買ってきてくれたが、まだ暫くは古いほうを、と言ってなお古帯をしめる。

この写生文は最初「ホトトギス」に書き、続きを娘の立子が主宰する俳句雑誌「玉藻」に載せた。それで両誌の読者からいろんな反響がある。折から福岡の俳人がやってきたので、この帯を因縁のある佛心寺の椎の木の下に埋めたい、と虚子は話した。その寺は大宰府の都府楼址のそばにある。俳人は古帯を持ち帰り、佛心寺の和尚に話すと、帯塚を作ろうということになる。壺に消し炭を詰めて腐敗を防ぐ、あるいは石棺に収めるなどのプランが示されるが、虚子は、そういうことは一切やめて「一日も早く土になつてしまふ事を希望する」、と伝える。古帯を貰い受けたいという女の俳人も現れるこの話は、なんだか「椿子物語」の展開に似ている。結局は「虚子帯塚」と書かれた帯塚が出来たのだった。

「椿子物語」も「古帯」も他愛ない話である。でも、この他愛なさ、つまり日常をちょっと超えて面白がるこのような体験は、老人の特権だと言ってよい。その特権を虚子を取り巻く人々が面白がっている。みんなでモーロクを楽しんでいる、と言ってもよい。今、特権とかモーロクと呼んだもの、それは一種の散文詩でもある。

ちなみに、『現代写生文集』の巻末に作者略歴があるが、虚子のそれは次の通り。

愛媛県松山。八十一歳。仙台第二高等中学中退。子規に学ぶ。俳句を作り写生文を書く。「ホトトギス」六十年間。今は「玉藻」の助手。

この略歴は各人の「自筆制作」だというが、末尾の、今は「玉藻」の助手、がいいなあ。この爺さん、好きだ、とボクは今、にこにこしたのだった。

2 高浜家のお家芸

虚子の俳句観

虚子は雑詠欄を始めるにあたって、俳句が五七五の十七字であること、季語と切れ字が必須であることを言い、終生、この考えを通した。また、俳句が芭蕉の文芸であり古典詩であること、俳句を花鳥諷詠詩と呼ぶべきことも説いた。俳句を作るにあたっては写生がことに大事であるとも言い続けた。『俳句はかく解しかく味う』『俳句への道』『俳談』『立子へ抄』（以上は岩波文庫）、「俳句の作りよう」「俳句はかく解しかく味わう」「俳句とはどんなものか」「進むべき俳句の道」の四書を一冊にした『4冊合本版　高浜虚子俳論集』（角川ソフィア文庫・電子版）など、たくさんの入門書、俳句論集が出ているが、虚子の俳句論はとっても簡明だった。あらためてそれを言えば、

・五七五の十七字

・季語が必須
・切れ字が必須
この三条に尽きる。

　切れ字は俳句に特有の語で「や、かな、けり」がその代表だ。だが、たとえば体言が切れ字の働きをするし、ボクの「三月の甘納豆のうふふふふ」でも最後の「ふ」が切れ字的に働いている。「三月の」の「の」も軽い切れ字の働きをしているだろう。つまり、目に見えるかたちの切れ字はなくてもよい。虚子の「昼寝する我と逆さに蝿叩」では、「我と」の「と」で軽く切れ、最後の名詞「蝿叩」が切れ字的に働いて句を完結させている。というように考えると、虚子の俳句観の骨子は「五七五の定型と季語」である。となるとボクなどと全く同じだ。

　もちろん、骨格以外のところでは違いがある。ボクは俳句を芭蕉の文芸だと限定せず、松永貞徳や上島鬼貫、与謝蕪村、小林一茶、正岡子規などたくさんの人々が関わった伝統的な詩と見ている。表現技法の写生もさほど大事とは思わない。俳句を花鳥諷詠詩と呼ぶのはボクの趣味に合わないし、雑詠の選者にもなりたくない。実はボクも新聞や雑誌の選者をしているが、選んでいるうちに眠くなることがしばしばである。何千、何万もの句から秀句を選ぶ虚子のようにはなれないし、なりたくもない。でも、そんなボクも俳人の端くれだ。

この評伝も終わりに近づいている。ボクには愛誦している虚子の句があって、そのいくつかはすでに話題にしたが、昭和の虚子の句では以下のようなものを愛誦している。

流れ行く大根の葉の早さかな　昭和三年（一九二八）
川を見るバナナの皮は手より落ち　昭和九年（一九三四）
春水をたゝけばいたく窪むなり　昭和十四年（一九三九）
そこを行く春の雲あり手を上げぬ　同
桃咲くや足なげ出して針仕事　昭和二十一年（一九四六）
爛々《らんらん》と昼の星見え菌《きのこ》生え　昭和二十二年（一九四七）
去年今年貫く棒の如きもの　昭和二十五年（一九五〇）
昼寝する我と逆さに蠅叩《はえたたき》　昭和三十二年（一九五七）
野に遊ぶ金平糖をおてのくぼ　昭和三十三年（一九五八）

『新編　虚子自伝』の末尾に虚子が自選し簡略な解説をした句が並んでいる。その中に「流れ行く大根の葉の早さかな」もあって、「小川に大根の葉が早く流れているということ。天地流動の一端を切り取った感じ」と虚子は解説している。この句については第七章でもすでに触れたが、「小川に大根の葉が早く流れているということ」はその通りだろう。読者の誰もがそのような風景を思い浮かべるに違いない。

では、この風景が「天地流動の一端を切り取った感じ」というのはどうだろう。そう言われればそうかも、という感じではないだろうか。俳句が風景になっている句、たとえば「川を見るバナナの皮は手より落ち」「桃咲くや足なげ出して針仕事」「爛々と昼の星見え菌生え」「昼寝する我と逆さに蠅叩」なども「天地流動の一端を切り取った感じ」を読み取ろうと思えば読み取れる。いや、「春水をたゝけばいたく窪むなり」の春の水も、「そこを行く春の雲あり手を上げぬ」の春の雲、そして「去年今年貫く棒の如きもの」の棒も天地流動の一端を感じさせる。もちろん、「野に遊ぶ金平糖をおてのくぼ」という風景も。つまり、俳句という短い表現は、しばしば一種の片言（断片や一端）に近くなるので、読み方によってはどの句もが天地流動のような大きなもの（全体）を感じさせるのだ。

虚子は天地流動の一端を俳句として表現した。彼の花鳥諷詠論《かちょうふうえい》はまさにそのような俳句であった。虚子は言う。

花鳥諷詠と申しますのは花鳥風月を諷詠するといふことで、一層細密に云へば、春夏秋冬四時の移り変りに依つて起る自然界の現象、並《ならび》にそれに伴ふ人事界の現象を諷詠するの謂《い》であります。

（春秋社『虚子句集』序、昭和三年〔一九二八〕）

花鳥は自然界、または自然の風物。諷詠は詩歌を作る（詠む）こと。虚子は四季のめぐりのもとにある自然界、人事界を詠むのが俳句だと規定した。自然界、人事界は共に大自然の摂理（春夏秋冬四時の移り変り）の中にある。この大自然の摂理は先の天地流動と同じだ。くどいが、もう一回言うと、「流れ行く大根の葉の早さかな」は大自然の摂理の一端を表現しているのだ。俳句そのものが大自然の摂理の一端であり、大自然の摂理に包まれているので、虚子は俳句という小さな世界、別の言い方をすればとっても平凡な世界に安心しておれた。『新編　虚子自伝』の序は「ごく平凡な人間のことをごく平凡に簡単に述べてみましょう」と書き起こされているが、彼が好んだ平凡とは大自然の摂理の一端（あるは一片とか断片）としての存在だった。

ちなみに、虚子の大自然の摂理は、具体的には四季のめぐりである。四季は人の作った文化であって、大自然そのものに四季があるわけではない。そのことは熱帯地方のように四季のない地域が地球上にあることが示している。花鳥諷詠はほんとうは四季諷詠と言うべきかも、とボクは思わないでもない。この点は虚子も気づいていたらしく、「花鳥諷詠は新らしい詩の提唱でもある」と述べている。何が新しいかというと、「春夏秋冬四季の現象を詠ふ」ことに限定したこと、それが新しいのである。他の詩歌、たとえば和歌だと四季も詠うが、恋や旅などを四季とはかかわりなしに詠む。江戸時代の俳諧、すなわち連句でもそれは同様であり、無季の恋の句などが好んで詠まれた。虚子は四季のめぐりの現象を詠むことを花鳥諷詠と呼び、その作品を花鳥諷詠詩としたのだから、たしかにそれは虚子に始まる新しい詩であった。

右の「花鳥諷詠は新らしい詩の提唱でもある」という発言は、『虚子俳話』（昭和三十八年〔一九六三〕）に出ているが、この本を著した晩年の虚子は、俳句は存問《そんもん》（挨拶）だとしばしば述べている。

お寒うございます、お暑うございます。日常の存問が即ち俳句である。……太陽は出没し、寒暑は往来する。俳句の根幹をなすもの。平俗の人が平俗の大衆に向つての存問が即ち俳句である。

右のように述べているのだが、俳句は挨拶だという虚子の見方は評論家の山本健吉などの共感を得て俳句界に広がった。山本は、たとえば「高浜虚子の世界――「存問」と「軽み」」（『山本健吉全集第十二巻』）において、虚子の存問とは「作者と自然との問答なのだ。新しいアニミズムの世界と言ってよい」と言っている。だが、この存問（挨拶）も先に話題にした一端とか片言と同様ではないだろうか。その気になって読むと、どの句も存問だ。「流れ行く大根の葉の早さかな」も、「昼寝する我と逆さに蠅叩」も、その気になれば大宇宙、大自然への挨拶と読めなくはない。

さて、以上のような読み、天地流動、大自然の摂理などの一端として句を読む読みは、俳句という短小の表現に生じるいわば必然的、宿命的な読みかもしれない。一端とか片言をそれの全体的なものに結びつけようとするのだ。だが、俳句の楽しみというか魅力は、五七五音の表現そのもの、すなわち一端とか片言の表現を楽しむところにあるのではないか。天地流動や大自然の摂理へと飛躍したら俳句はその魅力を失うのではないか。

虚子の筆跡

一端の表現

「流れ行く大根の葉の早さかな」。この句は「行く」が「大根の葉の」と展開すると、二つの「の」によって流動感を生じる。そしてその流動感の中で、流れる大根の葉の早さが具体的なイメージ（映像）になる。大根の葉というなんでもないものの快い流れ、それを感じたらなんとなく読者のボクはいい気分になる。それだけでこの句は十分なのではないか。

「川を見るバナナの皮は手より落ち」。川を見ようとしたら、手にしていたバナナの皮が川に落ちてしまった、というこの句は、そういうことって確かにあるな、という思いにさせる。バナナの皮だからまだよかったわけで、バッグとかも落ちかねない。あるいは、自分自身がおちそうになることもあるだろう。

「春水をたゝけばいたく窪むなり」「そこを行く春の雲あり手を上げぬ」「桃咲くや足なげ出して針仕事」。これらはどの句も風景が見える。そしてそれぞれの風景は、叩く、手を上げる、足を投げ出すという仕草を核にして作られている。さりげない仕草の作った快い風景画とも言うべき作品だ。虚子にはこの種の俳句が多い。

「爛々と昼の星見え菌生え」。ボクはこの句を虚子一代の傑作ではないか、と思っている。その思いは去年（令和五年（二〇二三））出した評論集『老いの俳句』（ウェッブ）ですでに書いているので、出来ればそっちを見て欲しいが、原始的な光景にまさに原始的な生気が満ちていて、五七五の言葉がとっても広い時空を引き寄せている。「爛々と」が昼の「星見え」「菌生え」の対句的な句に掛かる明快な構造の作品だが、「見え」「生え」という二つの動詞の連用形が勢いを伝える。その勢いは冒頭の「爛々と」という状態を帯びているので、まるでマグマのよう。星も茸も爛々としている。この句、以上のような幻想的なイメージであり、従来の俳句にはなかった大胆な幻想の世界だ。

「去年今年貫く棒の如きもの」。この句を愛誦する人は多いが、端的にいってどこがいいのか、よく分からない。「去年今年」と言う季語は「新年にあたり、行く年来る年の推移を感慨をこめていうことば」（日本国語大辞典）。とすると、去年今年という言い方には去年と今年を貫くものというか、繋ぐものが意識されているのではないか。その季語にある繋ぐものを「棒の如きもの」と明確にしたのがこの句だろう。もっとも、「棒」が意味するのは何か、これがボクには分かりにくい。ゲバ棒という棒が学生時代あったことを思い出すが、まさかゲバ棒ではあるまい。山本健吉は『現代俳句』で以下のように鑑賞している（『山本健吉全集』第七巻。昭和五十九年（一九八四））。

旧年・新年を通しての一つの感慨が、「貫く棒の如きもの」という表現を生んだ。新年と言って、別に改まった喜びがあるわけではない。老いの感慨である。一見無造作な表現の中に、的確なものをつかんで、大胆にずばりと言ってのけたところがよい。作者の感慨が、一本の棒のようなものとして、具体的なイメージとして提出される。去年も今年も変わりはないのである。ただ、一本の棒のように、かくべつの波瀾《はらん》もない過ぎゆく月日が存在するだけである。老虚子快心の作であろう。

ゲバ棒を連想すると、波瀾のない月日ではなくなるが、山本はそこらにある丸たん棒を連想しているのだろうか。だが、「貫く棒の如きもの」は季語「去年今年」をなぞっただけ、という気もしなくもない。ともあれ、この棒、意外に難しいというか分かりにくい。ボクなどの身辺に棒がないからだろうか。ちなみに、山本が「老いの感慨」「老虚子快心の作」というのも分かりづらい。この句から老いを、あるいは老人を感じるだろうか。

ボクは先の『老いの俳句』でこの虚子の句を「一九五〇年、七十六歳の虚子が詠んだ大月並み句、駄作中の駄作だ」と評している。月並み句とは平凡、陳腐な句（駄作）だが、この虚子の句は季語が含有している意味をなぞっただけの平凡な句と判断した。ただ、そういう駄作はしばしば超有名になる。「朝顔に釣瓶とられてもらひ水」（千代女）は、朝顔が絡まって釣瓶がつかえなくなったので貰い水をした、というのだが、朝顔に気をつかったところは通俗的な配慮、なんだか見えすいている。だから月並みで駄作だが、でも、その分かりやすい配慮がうけて超有名になっている。駄作もしばしば傑作になるのだ、俳句では。

整理しよう。「爛々と昼の星見え菌生え」は俳句の表現として傑作、「去年今年貫く棒の如きもの」

は駄作中の駄作であることで傑作になっている。

「昼寝する我と逆さに蠅叩《はえたたき》」「野に遊ぶ金平糖をおてのくぼ」。虚子の最晩年の作だが、我と蠅叩を同格にしているところが愉快。そんな同格化が出来るのは多分、老人であろう。すてきな老年ぶりではないだろうか。「おてのくぼ」は手のひらを内側へ曲げたときに出来る窪みだが、そのおてのくぼへ金平糖をのせている春の野遊びの風景。ボクは老女を連想するが、もちろん、童女でもよい。作者としては自分自身なのだろうが、金平糖をおてのくぼにのせる仕草はボクには女性のそれと見えるのだ。もちろん、老爺であってもよく、この句の場合は老いた虚子自身と読んでも楽しい。虚子が童子化、女性化して野に遊んでいる。何だか能楽にでもありそうな風景だ。

ここまで、とっても気になりながら言及しなかったことがある。能楽好きの虚子についてである。岩波文庫『立子へ抄』（平成十年〔一九九八〕）で虚子は述べている。

高浜家の俳句と謡曲

父さんは謡《うたい》が好きだということが一般に知られている。父さんは実際謡が好きである。気分のすぐれぬ時や、腹工合《はらぐあい》の面白からぬ時などは一人で少し謡うと薩張《さっぱ》りする。大勢で謡うこともまた好きである。皆が愉快そうに謡っているのを見るのが大変いい心持で愉快なのである。またしっかりした地頭《じがしら》があってそれに引率されて同吟するのは愉快なものである。

それに父さんは謡を稽古することが好きなのである。尤《もっと》も楽しみ半分であるから通り一遍の稽古に過ぎぬが、それで少しずつでも今まで知らなかったことを覚えて行くのは愉快なものである。

娘の立子に向かっていかにも楽しそうに語っている。能楽にかかわるエッセーなどを集めた著書『能楽遊歩』（昭和十七年〔一九四二〕）の序では「私は子供の時分から能楽が好きであつた。それといふのも父や、兄達が好きであつた為めであらう」と述べている。兄の池内信嘉《のぶよし》は雑誌「能楽」（明治三十五年創刊）を出し、能楽の振興に尽したことで知られている。虚子には「実朝」「奥の細道」などの新作能もある。

能楽は古典芸能だが、ボクはこれが苦手、というかまったくなじみがない。なんどか観たことはあるがすぐ眠くなってしまう。ようするに、能楽にまったく暗い。だから、虚子が能楽の何に魅せられるのかよくは分からない。当然ながら、虚子における俳句と能楽のかかわりも分からない。

もう一つ、分からないことがある。虚子は「ホトトギス」を長男の高浜年尾に継承させ、娘の星野立子には俳句雑誌「玉藻」を主宰させた。「ホトトギス」と「玉藻」は高浜家の俳句の両輪になる。俳句が高浜家の家業になるのだが、年尾や立子の主な仕事は選句である。選句をすることが俳句の主要な仕事、ということが、ボクには分からない。ボクには選句はなんとも眠いのだ。

ちなみに、太平洋戦争の敗戦後、俳句の主流はかつての虚子の弟子たち、たとえば水原秋桜子、山口誓子、日野草城などに移り、「ホトトギス」系の俳人は傍流になる。戦後に活躍した加藤楸邨、西東三鬼、石田波郷、橋本多佳子、大野林火、秋元不死男、富沢赤黄男、高屋窓秋なども「ホトトギス」系ではないが、これはやや余談かも。
さて、ボクは虚子と同門、共に子規の門下だった、と前に書いたが、彼は好きな謡でバランスをとりながら、日々、選句業にいそしんだのだろう。もしかしたら選句は虚子にとって退屈だったのかもしれない。それにしても、ものすごい量の選句を彼はしたのだ。そのすごい量の俳句がまるで砂のように消えてゆく。後世に残る俳句はごくごく微量、ほとんどの俳人の俳句は残らない。そんなはかない俳句を虚子は孜々《しし》として選んだ？　いや、やっぱり眠かったのではないだろうか。
最後に、子規の次男、池内友次郎の『父・高浜虚子』（平成元年〔一九八九〕）の一節を引いてこの評伝を閉じよう。友次郎は長じて音楽家になり、東京芸術大学の教授として活躍した。

四十歳台の半ばを越え、父の風格はいよいよ見事になり、かねがね意識していたのだが、自分の父親は、文学者として一流であり、人間として最も優秀な素材である、ということを明瞭に認識するようになってきた。ホトトギスは次第に隆盛になり、かつて漱石の猫の時代に匹敵するほどに発行部数も増大し、虚子一門の最も豪華な時期が招来されてくるのであった。私は、それを肌に感じながら、厭らしいことだが、一方ではわが家の経済状態が次第に向上してきていることも感じ、安堵を覚えていたのであった。

ホトトギス発行所が丸ビルに移ったころの話である。見事な風格、人間として優秀な素材と息子の眼に写った虚子。ここにはなんだか羨ましいような父と子がいる感じだ。経済的にも豊かになっていったのは、選句を中心とする俳句業を父が見事にこなしたからである。選句は眠かったのではないか、という先の発言は取り消そうか。

話題が急変するが、昭和三十四年（一九五九）四月一日、虚子は脳幹部の出血で倒れた。そして八日、ついに永眠した。八十六歳の生涯だった。墓は鎌倉の寿福寺にある。

参考文献

高浜虚子全集　全十二巻（改造社）一九三四年～一九三五年
定本虚子全集　全十二巻（創元社）一九四八年～一九五〇年
定本高浜虚子全集　全十六巻（毎日新聞社）一九七三年～一九七五年
現代日本文学全集　六十六　高浜虚子集（筑摩書房）一九五七年
明治文学全集　五十六　高浜虚子・河東碧梧桐集（筑摩書房）一九六七年
高浜虚子　郷土俳人シリーズ３（愛媛新聞社）一九九七年
高浜虚子　大野林火（七丈書院）一九四四年
高浜虚子―並に周囲の作者達　水原秋桜子（文芸春秋新社）一九五二年
高浜虚子（角川写真文庫）一九五五年
叔父虚子　池内たけし（欅発行所）一九五六年
高浜虚子　清崎敏郎（桜楓社）一九六五年
高浜虚子　川崎展宏（明治書院）一九六六年
高浜虚子　福田清人・前田登美（清水書院）一九六七年
高浜虚子研究　今井文男ほか（右文書房）一九七四年

子規と虚子　山本健吉（河出書房新社）一九七六年
高浜虚子　富士正晴（角川書店）一九七八年
虚子物語　清崎敏郎ほか（有斐閣）一九七九年
虚子から虚子へ　川崎展宏（有斐閣）一九八三年
俳人格―俳句への軌跡　平畑静塔（角川書店）一九八三年
子規・虚子・碧梧桐　相馬庸郎（洋々社）一九八六年
虚子入門　平井照敏（永田書房）一九八八年
虚子の近代　仁平勝（弘栄堂書店）一九八九年
父・高浜虚子　池内友次郎（永田書房）一九八九年
虚子以後　宮坂静生（花神社）一九九〇年
高浜虚子（新潮日本文学アルバム）一九九四年
虚子先生の思い出　伊藤柏翠（天満書房）一九九五年
虚子の小諸　宮坂静生（花神社）一九九五年
虚子の天地―体験的虚子論　深見けん二（蝸牛社）一九九六年
俳人虚子　玉城徹（角川書店）一九九六年
人間虚子　倉橋羊村（新潮社）一九九七年
高浜虚子論　中岡毅（角川書店）一九九七年
虚子の京都　西村和子（角川学芸出版）二〇〇四年
近代定型の論理―標語、そして虚子の時代　筑紫磐井（邑書林）二〇〇四年
虚子と「ホトトギス」　秋尾敏（本阿弥書店）二〇〇六年

参考文献

高浜虚子　中田雅敏（勉誠出版）二〇〇七年
虚子と現代　岩岡中正（角川書店）二〇一〇年
虚子散文の世界へ　本井英（ウエップ）二〇一七年
虚子探訪　須藤常央（神奈川新聞社）二〇一七年
高浜虚子・未来への触手　西池冬扇（ウエップ）二〇一九年
虚子点描　矢島渚男（紅書房）二〇二二年

あとがき

この評伝は俳人（選者）になるまでの虚子に寄り添っている。雑詠の選者という仕事を見つけ、それによって雑誌「ホトトギス」の売れ行きを伸ばした後の虚子についてはほとんど触れていない。別の言い方をすれば俳人・虚子へのボクの関心は薄く、小説や写生文を書こうとする虚子、雑誌「ホトトギス」を編集する虚子にボクの関心は向かっている。だから、俳句における虚子の写生、俳句は花鳥諷詠詩だという虚子の主張、虚子が得意だったという贈答俳句などにもほとんど触れていない。

虚子は『俳句の五十年』の巻末近くにある「日常の仕事」の章において次のように述べている。

私ほど沢山の選句をしたものは今日まではまだないであろうと考えているのであります。したがって選という事は私の日課となっていまして、飯を食うたり、睡眠を取ったりするのと同じような日常の仕事となっているのであります。

選句が日常の仕事であって、俳句を作ることよりも選句に比重が置かれていたのではないか。俳句はおもに句会とか吟行で作られていて、それは「日常の仕事」にはなっていない印象だ。こうした印象だからと言って虚子を非難するわけではない。俳句はしばしば瞬間的に出来る。その瞬間の創作を虚子は句会で行っていた。瞬間には考える間がないが、そのことが突発的に意外性や奔放さを俳句にもたらす。ボクの好きな虚子の句はそうした意外性や奔放性を帯びた句である。具体的に言えば、

爛々と昼の星見え菌生え
昼寝する我と逆さに蠅叩

などの句だ。

この本のミネルヴァ書房の担当者・冨士一馬さんは作家・富士正晴（『高浜虚子』角川書店の著者）の孫にあたる。しかも彼の父はかつて何かと世話になった読売新聞の文化部の元記者・冨士重人さんである。なんだか奇縁というか、不思議なめぐりあわせを感じるが、冨士一馬さんはこまやかな気配りをして本書の完成を促してくれた。また、ボクの日常的な相棒である陽山道子さんが引用の確認などの校正作業にあたってくれた。冨士さんと陽山さんにボクの好きなイタリア料理でもおごりたい。

二〇二四年十月三日

坪内稔典

高浜虚子略年譜

和暦	西暦	齢	関係事項	一般事項
明治七	一八七四		2・22愛媛県温泉郡長町新町（現・松山市湊町）に生れる。清と名づけられた。父は松山藩士、池内庄四郎政忠。母は柳。兄に政忠、信嘉、政夫がいた。この年、風早郡柳原村西ノ下へ移住。	
一四	一八八一	7	一家をあげて松山に戻る。	
一五	一八八二	8	祖母方の姓、高浜を継ぐ。	
二一	一八八八	14	伊予尋常中学校に入学。河東秉五郎（碧梧桐）と同級になる。	
二四	一八九一	17	父死去。5月正岡子規に初めて手紙を出す。6月帰省した子規に会う。秋、子規が虚子の雅号をつけた。	
二五	一八九二	18	4月中学校を卒業、9月京都第三高等中学校に入学した。11月京都に来た子規と嵐山などに遊んだ。	
二六	一八九三	19	碧梧桐が京都第三高等中学校に入学、彼と同宿する。	
二七	一八九四	20	9月仙台第二高等学校へ転校。10月同校を退学して	7月日清戦争開戦。

			上京。	
二八	一八九五	21	神戸病院、須磨保養院に入院した子規を看護、子規に後継者になることを求められた。	
三〇	一八九七	23	大畠いとと結婚。	四国・松山で「ほととぎす」創刊。
三一	一八九八	24	3月長女、真砂子誕生。4月『俳句入門』刊。10月東京版「ホトトギス」を発行、以後、同誌の編集・経営を家業とする。	
三二	一八九九	25	5月大腸カタル発症、入院・休養につとめる。	
三三	一九〇〇	26	12月長男、年尾誕生。	
三四	一九〇一	27	9月俳書堂を設立。	
三五	一九〇二	28	9月子規死去。	
三六	一九〇三	29	碧梧桐と俳句上の対立が生じる。11月次女、立子誕生。	
三七	一九〇四	30	9月「連句論」を発表。	2月日露戦争開戦。
三八	一九〇五	31	1月「ホトトギス」に夏目漱石の「吾輩は猫である」を掲載、以後、連載する。	
三九	一九〇六	32	「俳諧散心」（句会）を開催。10月次男、友次郎誕生。	
四〇	一九〇七	33	小説「風流懺法」「斑鳩物語」などを「ホトトギス」に発表。	

四一	一九〇八	34	2月～「俳諧師」を「国民新聞」に連載。「ホトトギス」十月号に雑詠欄を開設（翌年七月まで）。10月国民新聞社に入社、文芸部長となる。	
四二	一九〇九	35	1月『俳諧師』刊、10月腸チフス発症。12月『凡人』刊。	
四三	一九一〇	36	9月国民新聞社退社。12月鎌倉由比ケ浜に転居。	
四四	一九一一	37	「朝鮮」「子規居士と余」を連載。	
四五	一九一二	38	7月「ホトトギス」で雑詠欄を再開。	
大正元年				
二	一九一三	39	「ホトトギス」の編集に専念、俳句に復活。	
三	一九一四	40	鎌倉に能舞台を作る。	8月第一次世界大戦開戦。
四	一九一五	41	「柿二つ」を連載。五女、晴子誕生。「進むべき俳句の道」連載。	
五	一九一六	42	12月漱石死去。	
六	一九一七	43	「漱石氏と私」連載。	
七	一九一八	44	7月『進むべき俳句の道』刊。	
八	一九一九	45	新作能「実朝」発表。	
九	一九二〇	46	10月軽い脳溢血、以後禁酒。	
一二	一九二三	49	1月「ホトトギス」発行所を丸ビルに移す。	
昭和五	一九三〇	56	6月立子に「玉藻」を創刊、主宰させる。	

六	一九三一	57	水原秋桜子が「ホトトギス」を離脱。	
九	一九三四	60	11月『新歳時記』刊。	
一一	一九三六	62	2月〜6月渡欧。	
一二	一九三七	63	6月句集『五百句』刊。帝国芸術院会員になる。	
一七	一九四二	68	日本文学報国会俳句部会長。12月『俳句の五十年』刊。	
一八	一九四三	69	8月句集『五百五十句』刊。	
一九	一九四四	70	9月長野県小諸に疎開。	
二〇	一九四五	71		8月太平洋戦争終わる。
二一	一九四六	72	各地で「ホトトギス」六百号記念俳句会開催。	
二二	一九四七	73	「苦楽」一月号に小説「虹」を発表。2月句集『六百句』刊。10月小諸を引き払い鎌倉へ戻る。	
二三	一九四八	74	11月『虚子自伝』刊。	
二六	一九五一	77	「ホトトギス」雑詠欄の選者を長男、年尾に譲る。	
二八	一九五三	79	10月比叡山で虚子塔開眼式。	
二九	一九五四	80	11月文化勲章受章。	
三〇	一九五五	81	6月句集『六百五十句』刊。	
三四	一九五九	85	4・1脳幹出血で倒れ、4・8午後四時に死去。戒名は虚子庵高吟椿寿居士。4・17青山斎場で葬儀。墓は鎌倉の寿福寺。	

平成一二	二〇〇〇		3月兵庫県芦屋市に虚子記念文学館、長野県小諸市に小諸高浜虚子記念館が開館。
一三	二〇〇一		9月鎌倉市に鎌倉虚子立子記念館が開館。

人名索引

あ 行

か 行

さ　行

た　行

な　行

は　行

事項索引

あ行

か行

さ行

た行

《著者紹介》

坪内稔典（つぼうち・ねんてん）

1944年愛媛県生まれ。立命館大学文学部卒業。日本近代文学の研究・教育を生業とし，同時に俳句も作ってきた。京都教育大学名誉教授。佛教大学名誉教授。評論，エッセー集に『正岡子規　言葉と生きる』（岩波書店，2010），『俳句いまむかし』（毎日新聞出版，2020），『老いの俳句』（ウエップ，2023），句集に『ヤツとオレ』（角川書店，2015），『リスボンの窓』（ふらんす堂，2024）など。現在は俳句・俳諧のコレクション柿衛文庫の理事長，晩節の言葉を考える俳句グループ「窓の会」常連。

ミネルヴァ日本評伝選

高《たか》浜《はま》虚《きょ》子《し》

――余は平凡が好きだ――

2024年12月10日　初版第1刷発行　〈検印省略〉

定価はカバーに
表示しています

著　者　坪　内　稔　典
発行者　杉　田　啓　三
印刷者　江　戸　孝　典

発行所　株式会社　ミネルヴァ書房

607-8494 京都市山科区日ノ岡堤谷町1
電話代表（075）581-5191
振替口座 01020-0-8076

共同印刷工業・新生製本

ISBN978-4-623-09862-0

Printed in Japan

刊行のことば

歴史を動かすものは人間であり、興趣に富んだ人間の動きを通じて、世の移り変わりを考えるのは、歴史に接する醍醐味である。

しかし過去の歴史学を顧みるとき、人間不在という批判さえ見られたように、歴史における人間のすがたが、必ずしも十分に描かれてきたとはいえない。二十一世紀を迎えた今、歴史の中の人物像を蘇生させようとの要請はいよいよ強く、またそのための条件もしだいに熟してきている。

この「ミネルヴァ日本評伝選」は、正確な史実に基づいて書かれるのはいうまでもないが、単に経歴の羅列にとどまらず、歴史を動かしてきたすぐれた個性をいきいきとよみがえらせたいと考える。そのためには、対象とした人物とじっくりと対話し、ときにはきびしく対決していくことも必要になるだろう。

今日の歴史学が直面している困難の一つに、研究の過度の細分化、瑣末化が挙げられる。それは緻密さを求めるが故に陥った弊害といえるが、その結果として、歴史の大きな見通しが失われ、歴史学を通しての社会への働きかけの途が閉ざされ、人々の歴史への関心を弱める危険性がある。今こそ歴史が何のためにあるのかという、基本的な課題に応える必要があろう。評伝という興味ある方法を通じて、解決の手がかりを見出せないだろうかというのも、この企画の一つのねらいである。

狭義の歴史学の研究者だけでなく、多くの分野ですぐれた業績をあげている著者たちを迎えて、従来見られなかった規模の大きな人物史の叢書として、「ミネルヴァ日本評伝選」の刊行を開始したい。

平成十五年（二〇〇三）九月

ミネルヴァ書房

ミネルヴァ日本評伝選

企画推薦
ドナルド・キーン
梅原猛
佐伯彰一
角田文衞

監修委員
上横手雅敬
芳賀徹

編集委員
石川九楊
伊藤之雄
猪木武徳
今谷明
今橋映子
熊倉功夫
佐伯順子
坂本多加雄
武田佐知子
竹西寛子
西口順子
兵藤裕己
御厨貴

上代

＊俾弥呼　古田武彦
＊日本武尊　西宮秀紀
＊仁徳天皇　若井敏明
雄略天皇　吉村武彦
継体天皇　若井敏明
＊蘇我氏四代　遠山美都男
＊推古天皇　義江明子
聖徳太子　仁藤敦史
斉明天皇　武田佐知子
＊小野妹子・毛人・毛野　大橋信弥
＊額田王　梶川信行
弘文天皇　遠山美都男
持統天皇　丸山裕美子
阿倍比羅夫　熊田亮介
＊藤原四子　木本好信
役小角　脊古真哉
＊柿本人麿　古橋信孝
＊元明天皇・元正天皇　渡部育子
聖武天皇　本郷真紹
光明皇后　寺崎保広
＊孝謙・称徳天皇　勝浦令子
藤原不比等　荒木敏夫
橘諸兄・奈良麻呂　遠山美都男
吉備真備　今津勝紀
＊藤原仲麻呂　木本好信
道鏡　吉川真司
＊藤原種継　木本好信
＊行基　吉田靖雄

平安

＊桓武天皇　井上満郎
嵯峨天皇　西別府元日
宇多天皇　古藤真平
醍醐天皇　石上英一
村上天皇　京樂真帆子
花山天皇　上島享
＊三条天皇　倉本一宏
藤原薬子　中野渡俊治
＊藤原良房・基経　瀧浪貞子
＊紀貫之　神田龍身
＊安倍晴明　斎藤英喜
＊藤原道長　朧谷寿
＊藤原伊周・隆家　倉本一宏
藤原定子　山本淳子
＊藤原彰子　朧谷寿
藤原頼通　末松剛
藤原師通　中島和歌子
紫式部　高木和子
清少納言　三田村雅子
和泉式部　ツベタナ・クリステワ
大江匡房　小峯和明
＊阿弖流為　樋口知志
坂上田村麻呂　熊谷公男
＊源満仲・頼光　元木泰雄
平将門　西山良平
＊藤原純友　寺内浩
源義家　大津雄一
最澄　吉田一彦
空海　武内孝善
円珍　岡野浩二
＊空也　石井義長
奝然　上川通夫
＊源信　小原仁
慶滋保胤　吉原浩人
安倍貞任　野中哲照
＊後白河天皇　美川圭
＊式子内親王　奥野陽子
建礼門院　生形貴重
＊藤原頼長・師長　樋口健太郎
＊藤原秀衡　入間田宣夫
平維盛　根井浄
木曾義仲　樋口州男
守覚法親王　阿部泰郎
藤原隆信・信実　山本陽子

鎌倉

＊源頼朝　川合康
＊源義経　近藤好和
源実朝　神田龍身
＊九条兼実　加納重文
九条道家　上横手雅敬
＊北条時政　野口実
＊熊谷直実　佐伯真一
＊北条政子　関幸彦
＊北条義時　岡田清一
曾我十郎・五郎　杉橋隆夫
後鳥羽天皇　兵藤裕己
＊北条時頼　山本隆志
北条時宗　近藤成一
平頼綱　細川重男
竹崎季長　堀本一繁
西行　西澤美仁
鴨長明　浅見和彦
藤原定家　赤瀬信吾
＊京極為兼　今谷明
＊兼好　島内裕子
重源　横内裕人
＊運慶　根立研介
快慶　井上一稔
法然　今堀太逸
＊栄西　中尾良信
明恵　西山厚
＊親鸞　末木文美士
恵信尼・覚信尼　西口順子
覚如　今井雅晴
＊道元　船岡誠
叡尊　細川涼一
＊忍性　松尾剛次
＊日蓮　佐藤弘夫
一遍　蒲池勢至
夢窓疎石　原田正俊
＊宗峰妙超　竹貫元勝

南北朝・室町

後醍醐天皇　上横手雅敬
＊護良親王　新井孝重
＊懐良親王　森茂暁

＊赤松氏五代　渡邊大門
＊北畠親房　岡野友彦
楠正成　兵藤裕己
＊楠木正行・正儀　生駒孝臣
＊新田義貞　山本隆志
＊光厳天皇　深津睦夫
足利尊氏　市沢哲
＊足利直義　亀田俊和
佐々木道誉　下坂守
細川頼之　亀田俊和
円観・文観　田中貴子
足利義詮　早島大祐
＊足利義持　吉田賢司
足利義教　秦野裕介
足利持氏　植田真平
足利義政　木下昌規
三条西実隆　前田雅之
＊日野富子　田端泰子
＊大内義弘　平瀬直樹
伏見宮貞成親王　松薗斉
＊山名宗全　山本隆志
細川勝元・政元　古野貢
畠山義就　呉座勇一
足利成氏　阿部能久
＊世阿弥　西野春雄
雪舟等楊　河合正朝
宗祇　鶴崎裕雄
一条兼良　田村航
＊満済　森茂暁
一休宗純　原田正俊
蓮如　岡村喜史

戦国・織豊

北条早雲　家永遵嗣
＊北条氏綱　黒田基樹
＊北条氏政　黒田基樹
大内政弘　山田貴司
＊大内義隆　藤井崇
＊斎藤氏四代　木下聡
＊毛利元就　岸田裕之
＊毛利輝元　光成準治
＊小早川隆景・秀秋　光成準治
＊六角定頼　村井祐樹
＊今川義元　小和田哲男
＊武田信玄　笹本正治
＊武田勝頼　笹本正治
＊真田氏三代　笹本正治
＊三好長慶　天野忠幸
松永久秀　天野忠幸
＊宇喜多直家・秀家　渡邊大門
＊上杉謙信　矢田俊文
＊大友義鎮　鹿毛敏夫
龍造寺隆信　中村知裕
島津義久・義弘　福島金治
村上武吉・元吉　藤田達生
細川幽斎　鈴木元
＊長宗我部元親・盛親　平井上総
＊最上氏三代　松尾剛次
浅井長政　長谷川裕子
蠣崎・松前氏五代　新藤透

吉田兼倶　西山克
山科言継　松薗斉
正親町天皇・後陽成天皇　神田裕理
＊雪村周継　赤澤英二
＊足利義輝・義昭　山田康弘
織田信長　三鬼清一郎
織田長益　八尾嘉男
織田信雄　柴裕之
＊明智光秀・秀満　小和田哲男
豊臣秀吉　藤井讓治
豊臣秀次　矢部健太郎
＊北政所おね　田端泰子
＊淀殿　福田千鶴
筒井氏三代　片山正彦
蜂須賀正勝・家政　三宅正浩
前田利家　東四柳史明
＊山内一豊・忠義　長屋隆幸
＊黒田如水　小和田哲男
＊蒲生氏郷　藤田達生
大谷吉継　石畑匡基
石田三成　堀越祐一
＊細川ガラシャ　田端泰子
＊支倉常長　田中英道
千利休　熊倉功夫
＊長谷川等伯　宮島新一
＊顕如　神田千里
教如　安藤弥

江戸

＊徳川家康　笠谷和比古
板倉勝重　谷徹也
本多忠勝　柴裕之
本多正純　小川雄
柳生宗矩　福田千鶴
＊徳川家光　野村玄
柳沢吉保　福留真紀
徳川吉宗　横田冬彦
＊後水尾天皇　久保貴子
＊光格天皇　藤田覚
＊春日局　福田千鶴
宮本武蔵　渡邊大門
上杉鷹山　小関悠一郎
＊池田光政　倉地克直
保科正之　八木清治
シャクシャイン　岩崎奈緒子
天草四郎　菊池庸介
＊田沼意次　藤田覚
細川重賢　安高啓明
松平治郷　小林准士
＊二宮尊徳　小林惟司
末次平蔵　岡美穂子
＊高田屋嘉兵衛　生田美智子
沢庵宗彭　芳澤元
＊林羅山　鈴木健一
吉野太夫　渡辺憲司
＊熊沢蕃山　川口浩
＊山崎闇斎　澤井啓一
山鹿素行　前田勉
＊北村季吟　島内景二
＊伊藤仁斎　澤井啓一

貝原益軒　辻本雅史
関孝和　佐藤賢一
＊ケンペル　B・M・ボダルト＝ベイリー
新井白石　大川真
＊雨森芳洲　上田正昭
＊石田梅岩　高野秀晴
賀茂真淵　盛田帝子
白隠慧鶴　芳澤勝弘
前野良沢　松田清
平賀源内　石上敏
＊本居宣長　田尻祐一郎
杉田玄白　吉田忠
木村蒹葭堂　有坂道子
＊大田南畝　沓掛良彦
菅江真澄　赤坂憲雄
＊鶴屋南北　諏訪春雄
＊山東京伝　佐藤至子
＊滝沢馬琴　高田衛
平田篤胤　山下久夫
国友一貫斎　太田浩司
シーボルト　宮坂正英
本阿弥光悦　岡佳子
＊狩野探幽・山雪　山下善也
尾形光琳　仲町啓子
尾形乾山　河野元昭
＊二代目市川團十郎　田口章子
伊藤若冲　狩野博幸
＊浦上玉堂　高橋博巳
＊佐竹曙山　成瀬不二雄
葛飾北斎　岸文和
酒井抱一　玉蟲敏子
孝明天皇　青山忠正

＊和宮　辻ミチ子
徳川慶喜　大庭邦彦
島津斉彬　原口泉
鍋島直正　伊藤昭弘
＊横井小楠　沖田行司
＊古賀謹一郎　小野寺龍太
＊永井尚志　高村直助
＊岩瀬忠震　小野寺龍太
＊栗本鋤雲　小野寺龍太
＊大村益次郎　竹本知行
岩倉具視　斎藤紅葉
河井継之助　小川和也
松平春嶽　大石学
＊西郷隆盛　家近良樹
＊由利公正　角鹿尚計
＊橋本左内　角鹿尚計
＊塚本明毅　塚本学
松平容保　白石烈
＊山岡鉄舟・高橋泥舟　岩下哲典
三条実美　奈良勝司
毛利敬親　三宅紹宣
＊月性　海原徹
＊吉田松陰　海原徹
＊高杉晋作　海原徹
＊久坂玄瑞　一坂太郎
ペリー　遠藤泰生
ハリス　福岡万里子
オールコック　佐野真由子
アーネスト・サトウ　奈良岡聰智

近代

＊明治天皇　伊藤之雄
＊大正天皇　F・R・ディキンソン
＊昭憲皇太后・貞明皇后　小田部雄次
大久保利通　三谷太一郎
木戸孝允　落合弘樹
井上馨　伊藤之雄
＊松方正義　室山義正
榎本武揚　醍醐龍馬
北垣国道　小林丈広
板垣退助　小川原正道
長与専斎　笠原英彦
大隈重信　五百旗頭薫
伊藤博文　坂本一登
井上毅　大石眞
＊井上勝　老川慶喜
三浦梧楼　大澤博明
＊桂太郎　小林道彦
東郷平八郎　金澤裕之
＊渡邉洪基　瀧井一博
＊乃木希典　佐々木英昭
星亨　小林道彦
林董　奈良岡聰智
＊児玉源太郎　小林道彦
＊高宗・閔妃　木村幹
山本権兵衛　室山義正
＊金子堅太郎　松村正義
＊高橋是清　鈴木俊夫
小村寿太郎　簑原俊洋
＊犬養毅　小林惟司
原敬　季武嘉也

＊加藤高明　櫻井良樹
牧野伸顕　小宮一夫
田中義一　黒沢文貴
内田康哉　高橋勝浩
平沼騏一郎　堀田慎一郎
＊鈴木貫太郎　小堀桂一郎
宇垣一成　北岡伸一
＊宮崎滔天　榎本泰子
＊浜口雄幸　川田稔
幣原喜重郎　西田敏宏
関一　玉井金五
水野広徳　片山慶隆
＊広田弘毅　井上寿一
安重根　上垣外憲一
＊グルー　廣部泉
＊永田鉄山　森靖夫
東條英機　牛村圭
今村均　前田雅之
蔣介石　劉岸偉
近衛文麿　庄司潤一郎
＊岩崎弥太郎　武田晴人
伊藤忠兵衛　末永國紀
＊五代友厚　田付茉莉子
大倉喜八郎　村上勝彦
＊安田善次郎　由井常彦
＊渋沢栄一　武田晴人
中野武営　佐賀香織
山辺丈夫　宮本又郎
＊大川平三郎　四方田雅史
武藤山治　阿部武司・桑原哲也
池田成彬　松浦正孝

西原亀三　森川正則
小林一三　橋爪紳也
大倉恒吉　石川健次郎
大原孫三郎　猪木武徳
＊河竹黙阿弥　今尾哲也
イザベラ・バード　加納孝代
＊林忠正　木々康子
＊森鷗外　小堀桂一郎
＊二葉亭四迷　ヨコタ村上孝之
＊正岡子規　井上泰至
＊夏目漱石　佐々木英昭
＊徳冨蘆花　半藤英明
巌谷小波　千葉信胤
樋口一葉　佐伯順子
＊島崎藤村　十川信介
上田敏　小林茂
＊有島武郎　亀井俊介
志賀直哉　小林幸夫
北原白秋　平石典子
菊池寛　山本芳明
＊芥川龍之介　髙橋龍夫
＊宮沢賢治　千葉一幹
＊高浜虚子　坪内稔典
与謝野晶子　佐伯順子
＊種田山頭火　村上護
＊斎藤茂吉　品田悦一
＊高村光太郎　湯原かの子
石川啄木　先崎彰容
萩原朔太郎　坪井秀人
＊原阿佐緒　秋山佐和子
＊狩野芳崖・高橋由一　古田亮

川村清雄　落合則子
＊小堀鞆音　小堀桂一郎
竹内栖鳳　北澤憲昭
中村不折　石川九楊
＊橋本関雪　西原大輔
土田麦僊　天野一夫
岸田劉生　北澤憲昭
濱田庄司　濱田琢司
＊山田耕筰　後藤暢子
松旭斎天勝　川添裕
中山みき　鎌田東二
佐田介石　谷川穣
＊ニコライ　中村健之介
＊出口なお・王仁三郎　川村邦光
＊新島襄　太田雄三
新島八重　佐伯順子
木下広次　冨岡勝
山川健次郎　小宮京・中澤俊輔
嘉納治五郎　クリストファー・スピルマン
＊柏木義円　片野真佐子
津田梅子　田中智子
＊澤柳政太郎　新田義之
＊河口慧海　高山龍三
＊山室軍平　室田保夫
大谷光瑞　白須淨眞
＊久米邦武　髙田誠二
フェノロサ　伊藤豊
井上哲次郎　井ノ口哲也
三宅雪嶺　長妻三佐雄
＊岡倉天心　木下長宏
志賀重昂　中野目徹

徳富蘇峰　杉原志啓
＊竹越与三郎　西田　毅
内藤湖南・桑原隲蔵　礪波　護
＊廣池千九郎　橋本富太郎
岩村　透　今橋映子
＊西田幾多郎　大橋良介
＊金沢庄三郎　石川遼子
＊柳田国男　鶴見太郎
厨川白村　張　競
＊村岡典嗣　水野雄司
大川周明　山内昌之
西田直二郎　林　淳
＊折口信夫　斎藤英喜
九鬼周造　古川雄嗣
三木　清　杉山直樹
シュタイン　瀧井一博
＊西　周　清水多吉
＊福澤諭吉　平山　洋
加藤弘之　田中由香里
成島柳北　山田俊治
＊福地桜痴　山田俊治
＊村山龍平　早房長治
＊島田三郎　武藤秀太郎
田口卯吉　鈴木栄樹
＊陸　羯南　松田宏一郎
有賀長雄　森田吉彦
＊黒岩涙香　奥　武則
幸徳秋水　馬渕浩二
長谷川如是閑　織田健志
＊上杉慎吉　今野　元
＊吉野作造　田澤晴子
＊山川　均　米原　謙

＊岩波茂雄　十重田裕一
＊北　一輝　岡本幸治
＊穂積重遠　大村敦志
中野正剛　吉田則昭
＊荒畑寒村　川村邦光
＊満川亀太郎　福家崇洋
＊エドモンド・モレル　林田治男
＊北里柴三郎　福田眞人
高峰譲吉　木村昌人
田辺朔郎　秋元せき
＊南方熊楠　飯倉照平
＊辰野金吾　河上眞理・清水重敦
＊七代目小川治兵衛　尼崎博正
本多静六　岡本貴久子
＊ブルーノ・タウト　北村昌史
＊ウィリアム・メレル・ヴォーリズ　山形政昭・吉田与志也

現代

昭和天皇　御厨　貴
高松宮宣仁親王　後藤致人
＊李　方子　小田部雄次
芦田　均　矢嶋　光
吉田　茂　中西　寛
マッカーサー　柴山　太
鳩山一郎　楠　綾子
＊石橋湛山　増田　弘
重光　葵　武田知己

＊市川房枝　村井良太
＊池田勇人　藤井信幸
高野　実　篠田　徹
和田博雄　庄司俊作
ライシャワー　廣部　泉
朴正熙　木村　幹
＊全斗煥　木村　幹
＊田中角栄　新川敏光
宮沢喜一　村上友章
竹下　登　真渕　勝
＊松永安左エ門　橘川武郎
鮎川義介　井口治夫
＊出光佐三　橘川武郎
＊松下幸之助　米倉誠一郎
渋沢敬三　井上　潤
＊本田宗一郎　伊丹敬之
＊井深　大　武田　徹
＊佐治敬三　小玉　武
幸田家の人々　金井景子
＊正宗白鳥　大嶋　仁
＊大佛次郎　福島行一
＊井伏鱒二　滝口明祥
＊川端康成　大久保喬樹
＊薩摩治郎八　小林　茂
坂口安吾　千葉一幹
太宰　治　安藤　宏
松本清張　杉原志啓
司馬遼太郎　山本幸正
＊安部公房　鳥羽耕史
＊三島由紀夫　島内景二
井上ひさし　成田龍一

R・H・ブライス　菅原克也
柳　宗悦　熊倉功夫
バーナード・リーチ　鈴木禎宏
＊熊谷守一　古川秀昭
川端龍子　岡部昌幸
藤田嗣治　林　洋子
＊井上有一　海上雅臣
＊手塚治虫　竹内オサム
古賀政男　藍川由美
＊吉田　正　金子　勇
武満　徹　船山　隆
小津安二郎　宮本明子・松浦完二
＊八代目坂東三津五郎　田口章子
＊力道山　岡村正史
＊西田天香　宮田昌明
安倍能成　中根隆行
サンソム夫妻　平川祐弘・牧野陽子
＊天野貞祐　貝塚茂樹
和辻哲郎　田中久文
＊矢代幸雄　稲賀繁美
石田幹之助　岡本さえ
＊平泉　澄　若井敏明
＊早川孝太郎　須藤　功
安岡正篤　片山杜秀
＊青山二郎　田野　勲
＊島田謹二　小林信行
田中美知太郎　川久保剛
西脇順三郎　加藤孝男
前嶋信次　杉田英明

＊唐木順三　澤村修治
＊亀井勝一郎　山本直人
＊宮本常一　須藤　功
知里真志保　モコットゥナシ
竹内　好　田澤晴子
＊保田與重郎　谷崎昭男
＊石母田正　磯前順一
＊福田恆存　川久保剛
井筒俊彦　安藤礼二
＊吉田　満　貝塚茂樹
＊佐々木惣一　伊藤孝夫
高田保馬　金子　勇
小泉信三　都倉武之
＊瀧川幸辰　伊藤孝夫
式場隆三郎　服部　正
大宅壮一　有馬　学
＊清水幾太郎　庄司武史
＊山本健吉　井上泰至
丸山眞男　河野有理
鶴見俊輔　冨山一郎
＊フランク・ロイド・ライト　大久保美春
＊中谷宇吉郎　杉山滋郎
今西錦司　山極寿一

＊は既刊
二〇二四年十二月現在